CW01207662

Editorial Selva Negra

Traducción y edición

Maximiliano Garzón Mesa
Érika Gómez López

editorialselvanegra@gmail.com

Bogotá, marzo de 2023.

Todos los derechos reservados. Prohibida su reproducción total o parcial sin permiso del editor.

Contenido

El cazarrecompensas 3
Capítulo 1 7
Capítulo 2 19
Capítulo 3 31
Capítulo 4 41
Capítulo 5 49
Capítulo 6 63
Capítulo 7 75
Capítulo 8 91
Capítulo 9 109
Capítulo 10 123

El cazarrecompensas

Estimado lector, si encuentras un error, repórtalo a nuestro correo electrónico editorialselvanegra@gmail.com, y en recompensa te obsequiaremos la versión audiolibro de esta edición o de otro título de nuestra colección.

Rebelión en la granja

George Orwell

Capítulo 1

El señor Jones, de Granja Manor, había cerrado los gallineros por la noche, pero estaba demasiado borracho para acordarse de cerrar las escotillas. Con la luz de su linterna bailando de un lado a otro, cruzó el patio dando tumbos, se quitó las botas en la puerta trasera, se sirvió un último vaso de cerveza del barril en el fregadero y se dirigió a la cama, donde la señora Jones ya estaba roncando.

Tan pronto como se apagó la luz del dormitorio, se produjo un movimiento y un revoloteo por todos los edificios de la granja. Durante el día se había corrido la voz de que el viejo Mayor, el preciado cerdo blanco, había tenido un sueño extraño la noche anterior y deseaba comunicárselo a los otros animales. Había sido acordado que todos deberían encontrarse en el granero grande tan pronto como estuvieran seguros de que el señor Jones estaba fuera del camino. El Viejo Mayor (así lo llamaban siempre, aunque el nombre con el que había sido exhibido era Willingdon Beauty) estaba tan bien considerado en la granja que todos estaban dispuestos a perder una hora de sueño para escuchar lo que tenía que decir.

En un extremo del gran granero, sobre una especie de plataforma elevada, Mayor ya estaba instalado en su lecho de paja, bajo un farol que colgaba de una viga. Tenía doce años y últimamente se había puesto bastante corpulento, pero seguía siendo un cerdo de aspecto majestuoso, con una apariencia sabia y benévola a pesar de que nunca le habían cortado los colmillos. Al poco tiempo empezaron a llegar los otros animales y se pusieron cómodos según sus diferentes costumbres. Primero llegaron los tres perros, Bluebell, Jessie y Pincher, y luego los cerdos, que se acomodaron en la paja inmediatamente frente a la plataforma. Las gallinas se posaron en los alféizares de las ventanas, las palomas revolotearon hasta las vigas, las ovejas y las vacas se echaron detrás de los cerdos y empezaron a rumiar. Los dos caballos de tiro, Boxer y Clover, entraron juntos, caminando muy despacio y apoyando sus grandes y peludos cascos con mucho cuidado en caso de que hubiera algún pequeño animal escondido en la paja. Clover era una yegua fuerte y maternal que se acercaba a la mediana edad y que nunca había recuperado su figura después de su cuarto potro. Boxer era una bestia enorme, de casi dieciocho palmos de alto, y tan fuerte como dos caballos ordinarios juntos. Una raya blanca que le bajaba por la nariz le daba un aspecto un tanto estúpido, y en realidad no era de inteligencia de primer orden, pero era universalmente respetado por su firmeza de carácter y su tremenda capacidad de trabajo. Después de los caballos venía Muriel, la cabra blanca, y Benjamín, el burro. Benjamín era el animal más viejo de la granja y el de peor temperamento. Rara vez hablaba, y cuando lo hacía, por lo general, era para hacer algún comentario cínico; por ejemplo, decía que Dios le había dado una cola para ahuyentar a las moscas, pero que preferiría no tener ni cola ni moscas. Era el único animal de la granja que nunca reía. Si le preguntaban por qué, decía que no veía nada de qué reírse. Sin embargo, sin admitirlo abiertamente, era devoto de Boxer; los dos solían pasar los domingos juntos en el pequeño potrero más allá del huerto, pastando uno al lado del otro y sin hablar nunca.

Los dos caballos acababan de echarse cuando una nidada de patitos, que habían perdido a su madre, entró en fila en el establo, piando débilmente y deambulando de un lado a otro para encontrar un lugar donde no fueran pisoteados. Clover hizo una especie de muro alrededor de ellos con su gran pata delantera, y los patitos se acurrucaron dentro y rápidamente se durmieron. En el último momento, Mollie, la tonta y bonita yegua blanca que tiraba de la carreta del señor Jones, entró con delicadeza, masticando un terrón de azúcar. Tomó un lugar cerca del frente y comenzó a coquetear con su melena blanca, con la esperanza de llamar la atención sobre las cintas rojas con las que estaba trenzada. La última en llegar fue la gata, que miró a su alrededor, como de costumbre, en busca del lugar más cálido, y finalmente se metió entre Boxer y Clover; allí ronroneó contenta durante todo el discurso de Mayor sin escuchar una palabra de lo que decía.

Todos los animales estaban ahora presentes excepto Moisés, el cuervo domesticado, que dormía en una percha detrás de la puerta trasera. Cuando Mayor vio que todos se habían puesto cómodos y estaban esperando atentos, se aclaró la garganta y comenzó:

—Camaradas, ya se han enterado del extraño sueño que tuve anoche. Pero volveré al sueño más tarde. Tengo algo más que decir primero. No creo, camaradas, que esté con ustedes muchos meses más, y antes de morir, siento que es mi deber transmitirles la sabiduría que he adquirido. He tenido una vida larga. He pensado mucho tiempo mientras yacía solo en mi establo, y creo que puedo decir que entiendo la naturaleza de la vida en esta tierra tan bien como cualquier animal que vive ahora. Es sobre esto que deseo hablarles ahora, camaradas.

»¿Cuál es la naturaleza de esta vida nuestra? Seamos realistas: nuestras vidas son miserables, laboriosas y cortas. Nacemos, se nos da la comida suficiente para mantener el aliento en nuestros cuerpos, y aquellos de nosotros que somos capaces de ello nos vemos obligados a trabajar hasta el último átomo de nuestra fuerza; y en el mismo instante en que nuestra utilidad ha llegado a su fin, nos matan con espantosa crueldad. Ningún animal en Inglaterra conoce el significado de la felicidad o el ocio después de un año de vida. Ningún animal en Inglaterra es libre. La vida de un animal es miseria y esclavitud: esa es la pura verdad.

»¿Pero es esto simplemente parte del orden de la naturaleza? ¿Es porque esta tierra nuestra es tan pobre que no puede proporcionar una vida digna a quienes la habitan? ¡No, camaradas, mil veces no! El suelo de Inglaterra es fértil, el clima es bueno, es capaz de proporcionar comida en abundancia a un número enormemente mayor de animales que los que ahora habitan en ella. Esta sola granja mantendría una docena de caballos, veinte vacas, cientos de ovejas, y todos ellos vivirían con una comodidad y una dignidad que ahora están casi más allá de nuestra imaginación. ¿Por qué entonces continuamos en esta condición miserable? Porque casi todo el producto de nuestro trabajo nos es robado por seres humanos. Ahí, camaradas, está la respuesta a todos nuestros problemas. Se resume en una sola palabra: el humano. El humano es el único enemigo real que tenemos. Retiremos al humano de la escena, y la causa raíz del hambre y el exceso de trabajo será abolida para siempre.

»El humano es la única criatura que consume sin producir. No da leche, no pone huevos, es demasiado débil para jalar el arado y no puede correr lo suficientemente rápido para atrapar conejos. Sin embargo, es el señor de todos los animales. Los pone a trabajar, les devuelve lo mínimo necesario para evitar que se mueran de hambre, y el resto se lo reserva. Nuestro trabajo cultiva la tierra, nuestro estiércol la fertiliza y, sin embargo, ninguno de nosotros posee más que su piel desnuda. Ustedes, vacas que veo ante mí, ¿cuántos miles de galones de leche han dado durante este último año? ¿Y qué ha pasado con esa leche que debería haber estado criando terneros robustos? Cada gota ha pasado por las gargantas de nuestros enemigos. Y ustedes, gallinas, ¿cuántos huevos han puesto en este último año, y cuántos de esos huevos se han convertido en gallinas? El resto ha ido al mercado a traer dinero para Jones y sus humanos. Y tú, Clover, ¿dónde están esos cuatro potros que pariste, que debieron ser el sustento y el placer de tu vejez? Cada uno se vendió al alcanzar el primer año; nunca volverás a ver uno de ellos. A cambio de tus cuatro partos y todo tu trabajo en los campos, ¿qué has tenido excepto tus raciones básicas y un establo?

»E incluso las vidas miserables que llevamos no pueden alcanzar su duración natural. Por mí mismo no me quejo, porque soy uno de los afortunados. Tengo doce años y he tenido más de cuatrocientos hijos. Así es la vida natural de un cerdo. Pero ningún animal escapa al final del cruel cuchillo. Ustedes, jóvenes cerdos que están sentados frente a mí, cada uno de ustedes gritará por sus vidas en la picota dentro de un año. A ese horror debemos llegar todos: vacas, cerdos, gallinas, ovejas, todo el mundo. Incluso los caballos y los perros no tienen mejor destino. Tú, Boxer, el mismo día en que esos grandes músculos tuyos pierdan su poder, Jones te venderá al matadero, que te cortará la garganta y te hervirá. En cuanto a los perros, cuando envejecen y quedan desdentados, Jones les ata un ladrillo al cuello y los ahoga en el estanque.

»¿No es clara, camaradas, la tiranía de los seres humanos? Sólo deshagámonos del humano y el producto de nuestro trabajo será nuestro. Casi de la noche a la mañana podríamos volvernos ricos y libres. Entonces, ¿qué debemos hacer? ¡Trabajad noche y día, en cuerpo y alma, por el derrocamiento de la raza humana! Ese es mi mensaje para ustedes, camaradas: ¡rebelión! No sé cuándo vendrá esa rebelión, puede ser en una semana o en cien años, pero sé, tan seguro como que veo esta paja bajo mis pies, que tarde o temprano se hará justicia. ¡Fijen sus ojos en eso, camaradas, durante el resto de sus cortas vidas! Y sobre todo, transmitan este mensaje a los que vengan después de ustedes, para que las generaciones futuras continúen la lucha hasta la victoria.

»Y recuerden, camaradas, su resolución nunca debe flaquear. Ningún argumento debe desviarlos del camino. Nunca escuchen cuando les digan que el humano y los animales tienen un interés común, que la prosperidad de uno es la prosperidad de los demás. Todo son mentiras. El humano no sirve a los intereses de ninguna criatura excepto a sí mismo. Y entre nosotros, los animales, que haya una unidad perfecta, una camaradería perfecta en la lucha. Todos los humanos son enemigos. Todos los animales son camaradas».

En ese momento, hubo un tremendo alboroto. Mientras Mayor hablaba, cuatro grandes ratas habían salido de sus agujeros y estaban sentadas sobre sus cuartos traseros, escuchándolo. Los perros las habían visto de repente, y sólo con una rápida carrera hacia sus madrigueras las ratas salvaron su vida. Mayor levantó la pata pidiendo silencio.

—Camaradas —dijo—, aquí hay un punto que debe ser resuelto. Las criaturas salvajes, como las ratas y los conejos, ¿son nuestros amigos o nuestros enemigos? Pongámoslo a votación. Propongo esta pregunta a la reunión: ¿las ratas son camaradas?

La votación se tomó de inmediato y se acordó por abrumadora mayoría que las ratas eran camaradas. Sólo hubo cuatro disidentes, los tres perros y el gato, que luego se descubrió que habían votado en ambos lados. Mayor continuó:

—Tengo poco más que decir. Simplemente repito, recuerden siempre su deber de enemistad hacia el humano y todos sus caminos. Todo lo que anda sobre dos patas es un enemigo. Todo lo que anda sobre cuatro patas, o tiene alas, es un amigo. Y recuerden también que, en la lucha contra el humano, no debemos llegar a parecernos a él. Incluso cuando lo hayamos vencido, no adoptemos sus vicios. Ningún animal debe vivir jamás en una casa, ni dormir en una cama, ni vestir ropa, ni beber alcohol, ni fumar tabaco, ni tocar el dinero, ni comerciar. Todos los hábitos del humano son malos. Y, sobre todo, ningún animal debe jamás tiranizar a los de su propia especie. Débiles o fuertes, inteligentes o simples, todos somos hermanos. Ningún animal debe matar jamás a ningún otro animal. Todos los animales son iguales.

»Y ahora, camaradas, les contaré mi sueño de anoche. No puedo describirles ese sueño. Era un sueño de la tierra como será cuando el humano haya desaparecido. Pero me recordó algo que había olvidado hacía mucho tiempo. Hace muchos años, cuando yo era un cerdito, mi madre y las otras cerdas solían cantar una vieja canción de la que sólo conocían la melodía y las tres primeras palabras. Conocí esa melodía en mi infancia, pero hacía mucho que se me había olvidado. Anoche, sin embargo, volvió a mí en mi sueño. Y lo que es más, las palabras de la canción también regresaron, palabras, estoy seguro, que fueron cantadas por los animales de antaño y se han perdido en la memoria durante generaciones. Yo les cantaré esa canción ahora, camaradas. Soy viejo y mi voz es ronca, pero cuando les haya enseñado la melodía, podrán cantarla mejor para ustedes mismos. Se llama 'Bestias de Inglaterra'».

El Viejo Mayor se aclaró la garganta y comenzó a cantar. Como había dicho, su voz era ronca, pero cantaba bastante bien, y era una melodía conmovedora, algo entre 'Clementine' y 'La cucaracha'. La canción decía:

Bestias de Inglaterra, bestias de Irlanda,
Bestias de todas las tierras y climas,
Escuchen mis alegres noticias
Del dorado tiempo futuro.

Tarde o temprano llegará el día,
El humano tirano será derrocado,
Y los fructíferos campos de Inglaterra
serán hollados sólo por bestias.

Los anillos desaparecerán de nuestras narices,
y el arnés de nuestra espalda,
el bocado y la espuela se oxidarán para siempre,
los látigos crueles ya no sonarán.
Riquezas más de las que la mente puede imaginar,
trigo y cebada, avena y heno,
tréboles, fríjoles y remolachas
serán nuestros en ese día.

Brillantes serán los campos de Inglaterra,
más puras serán sus aguas,

más dulces aún soplarán sus brisas
en el día que nos liberemos.

Por ese día todos debemos trabajar,
aunque muramos antes de que llegue;
vacas y caballos, gansos y pavos,
todos deben trabajar por el bien común.

Bestias de Inglaterra, bestias de Irlanda,
Bestias de todas las tierras y climas,
Escuchen bien y difundan mis noticias
Del dorado tiempo futuro.

El canto de esta canción llenó a los animales de la más salvaje excitación. Casi antes de que Mayor llegara al final, habían comenzado a cantarla ellos mismos. Incluso los más estúpidos ya habían aprendido la melodía y algunas de las palabras, y en cuanto a los inteligentes, como los cerdos y los perros, se sabían toda la canción de memoria en unos pocos minutos. Y luego, después de algunos intentos preliminares, toda la granja estalló en un tremendo unísono de 'Bestias de Inglaterra'. Las vacas la mugieron, los perros la lloriquearon, las ovejas la balaron, los caballos la relincharon, los patos la graznaron. Estaban tan encantados con la canción, que la cantaron cinco veces seguidas, y podrían haber seguido cantándola toda la noche si no los hubieran interrumpido.

Desafortunadamente, el alboroto despertó al señor Jones, quien saltó de la cama, pensando que había un zorro en el patio. Agarró el arma que siempre estaba en un rincón de su dormitorio y disparó una carga de calibre 6 en la oscuridad. Los perdigones se enterraron en la pared del granero y la reunión se disolvió apresuradamente. Cada uno huyó a su lugar de dormir. Los pájaros saltaron a sus perchas, los animales se acomodaron en la paja y toda la granja se durmió en un momento.

Capítulo 2

Tres noches después, el Viejo Mayor murió en paz mientras dormía. Su cuerpo fue sepultado al pie de la huerta.

Esto fue a principios de marzo. Durante los siguientes tres meses hubo mucha actividad secreta. El discurso de Mayor había dado a los animales más inteligentes de la granja una perspectiva completamente nueva de la vida. No sabían cuándo tendría lugar la Rebelión predicha por Mayor, no tenían motivos para pensar que sería durante su propia vida, pero vieron claramente que era su deber prepararse para ella. El trabajo de enseñar y organizar a los demás recaía naturalmente sobre los cerdos, a quienes generalmente se reconocía como los más inteligentes de los animales. Entre los cerdos se destacaban dos jóvenes jabalíes llamados Bola de Nieve y Napoleón, a quienes el señor Jones estaba criando para la venta. Napoleón era un gran jabalí Berkshire de aspecto bastante feroz, el único Berkshire en la granja; no muy hablador, pero con reputación de salirse con la suya. Bola de Nieve era un cerdo más vivaz que Napoleón, más rápido en el habla y más inventivo, pero no se consideraba que tuviera la misma profundidad de carácter. Todos los demás cerdos macho de la granja eran puercos. El más conocido de ellos era un cerdito gordo llamado Squealer, de mejillas muy redondas, ojos chispeantes, movimientos ágiles y voz aguda. Era un conversador brillante, y cuando estaba discutiendo algún punto difícil, tenía una manera de saltar de un lado a otro y agitar la cola que era de alguna manera muy persuasiva. Los demás decían de Squealer que podía convertir el negro en blanco.

Estos tres habían elaborado las enseñanzas del Viejo Mayor en un sistema completo de pensamiento, al que dieron el nombre de Animalismo. Varias noches a la semana, después de que el señor Jones se durmiera, tenían reuniones secretas en el establo y exponían los principios del Animalismo a los demás. Al principio se encontraron con mucha estupidez y apatía. Algunos de los animales hablaron del deber de lealtad al señor Jones, a quien se referían como «Amo», o hicieron comentarios elementales como «El señor Jones nos da de comer. Si él no estuviera, nos moriríamos de hambre». Otros hicieron preguntas como: «¿Por qué debería importarnos lo que suceda después de nuestra muerte?», o «Si esta rebelión va a suceder de todos modos, ¿qué más da si trabajamos para ella o no?», y los cerdos tuvieron grandes dificultades para hacerles ver que esto era contrario al espíritu del Animalismo. Mollie, la yegua blanca, hizo las preguntas más estúpidas. La primera pregunta que le hizo a Bola de Nieve fue: «¿Seguirá habiendo azúcar después de la rebelión?».

—No —dijo Bola de Nieve con firmeza—. No tenemos medios para hacer azúcar en esta granja. Además, no necesitas azúcar. Tendrás toda la avena y el heno que quieras.

—¿Y aún se me permitirá usar cintas en mi melena? —preguntó Mollie.

—Camarada —dijo Bola de Nieve—, esas cintas que tanto te gustan son la insignia de la esclavitud. ¿No puedes entender que la libertad vale más que las cintas?

Mollie estuvo de acuerdo, pero no parecía muy convencida.

Los cerdos tuvieron una lucha aún más dura para contrarrestar las mentiras de Moisés, el cuervo domesticado. Moisés, que era el favorito especial del señor Jones, era un espía y un chismoso, pero también era un conversador inteligente. Afirmó saber de la existencia de un país misterioso llamado Montaña de Azúcar, al que iban todos los animales cuando morían. Estaba situado en algún lugar del cielo, un poco más allá de las nubes, dijo Moisés. En la montaña de azúcar era domingo los siete días de la semana, el trébol estaba en temporada durante todo el año y en los setos crecían terrones de azúcar y tortas de linaza. Los animales odiaban a Moisés porque contaba cuentos y no hacía ningún trabajo, pero algunos de ellos creían en la Montaña de Azúcar, y los cerdos tuvieron que discutir mucho para persuadirlos de que no existía tal lugar.

Sus discípulos más fieles fueron los dos caballos de tiro, Boxer y Clover. Estos dos tenían gran dificultad para pensar algo por sí mismos, pero una vez que aceptaron a los cerdos como sus maestros, absorbieron todo lo que se les dijo y se lo transmitieron a los otros animales por simples argumentos. Eran infalibles en su asistencia a las reuniones secretas en el granero, y dirigían el canto de 'Bestias de Inglaterra', con el que siempre terminaban las reuniones.

Ahora, resultó que la Rebelión se logró mucho antes y más fácilmente de lo que nadie había esperado. En los últimos años, el señor Jones, aunque un maestro duro, había sido un granjero capaz, pero últimamente había caído en días malos. Se había desanimado mucho después de perder dinero en un pleito, y se había acostumbrado a beber más de lo que era bueno para él. Durante días enteros, se reclinaba en su silla Windsor en la cocina, leía los periódicos, bebía y, de vez en cuando, alimentaba a Moisés con pedazos de pan empapados en cerveza. Sus hombres eran ociosos y deshonestos, los campos estaban llenos de malas hierbas, los edificios necesitaban techos, los setos estaban descuidados y los animales estaban mal alimentados.

Llegó junio y el heno estaba casi listo para cortar. En la víspera de San Juan, que era sábado, el señor Jones fue a Willingdon y se emborrachó tanto en el Red Lion que no volvió hasta el mediodía del domingo. Los hombres habían ordeñado las vacas temprano en la mañana y luego habían salido a cazar conejos, sin molestarse en alimentar a los animales. Cuando el señor Jones regresó, inmediatamente se durmió en el sofá del salón con el *News of the World* sobre la cara, de modo que cuando llegó la noche, los animales aún no estaban alimentados. Al final, no pudieron soportarlo más. Una de las vacas rompió la puerta del galpón con su cuerno y todos los animales comenzaron a servirse de los contenedores. Fue entonces cuando el señor Jones se despertó. Al momento siguiente, él y sus cuatro hombres estaban en el cobertizo con látigos en las manos, azotando en todas direcciones. Esto era más de lo que los animales hambrientos podían soportar. De común acuerdo, aunque nada de eso había sido planeado de antemano, se arrojaron sobre sus torturadores. Jones y sus hombres de repente se encontraron siendo golpeados y pateados por todos lados. La situación estaba completamente fuera de control. Nunca antes habían visto a los animales comportarse así, y este repentino levantamiento de criaturas, a las que estaban acostumbrados a golpear y maltratar a su antojo, los asustó casi hasta volverlos locos. Después de sólo un momento o dos, dejaron de intentar defenderse y echaron a correr. Un minuto después los cinco estaban en plena huida por el camino de carros que conducía al camino principal, con los animales persiguiéndolos triunfantes.

La señora Jones miró por la ventana del dormitorio, vio lo que estaba sucediendo, arrojó rápidamente algunas posesiones en una bolsa de alfombras y salió de la granja por otro camino. Moisés saltó de su posición y aleteó detrás de ella, graznando ruidosamente. Mientras tanto, los animales habían perseguido a Jones y sus humanos hasta la carretera y cerraron la puerta de cinco barrotes detrás de ellos. Y así, casi antes de que supieran lo que estaba pasando, la Rebelión se había llevado a cabo con éxito: Jones fue expulsado y Granja Manor era suya.

Durante los primeros minutos, los animales apenas podían creer en su buena fortuna. Su primer acto fue galopar en grupo alrededor de los límites de la granja, como para asegurarse de que ningún ser humano se escondiera en ella; luego corrieron de regreso a los edificios de la granja para borrar los últimos rastros del odiado reinado de Jones. El cuarto de los arneses al final de los establos fue forzado; los frenos, los aros en la nariz, las cadenas para perros, los crueles cuchillos que el señor Jones utilizaba para destrozar a los cerdos y corderos, todo fue arrojado al pozo. Las riendas, los cabestros, las anteojeras, los degradantes morrales fueron arrojados al fuego de escombros que ardía en el patio; así como los látigos. Todos los animales hacían cabriolas de alegría al ver arder los látigos. Bola de Nieve también arrojó al fuego las cintas con las que solían adornarse las crines y las colas de los caballos en los días de mercado.

—Las cintas —dijo—, deben considerarse ropa, que es la marca de un ser humano. Todos los animales deben ir desnudos.

Cuando Boxer escuchó esto, fue a buscar el pequeño sombrero de paja que usaba en verano para protegerse las orejas de las moscas y lo arrojó al fuego con el resto.

En muy poco tiempo, los animales habían destruido todo lo que les recordaba al señor Jones. Luego, Napoleón los condujo de regreso al cobertizo de la tienda y sirvió una ración doble de maíz a todos, con dos galletas para cada perro. Luego cantaron 'Bestias de Inglaterra' de cabo a rabo siete veces seguidas, y después de eso se acomodaron para pasar la noche y durmieron como nunca habían dormido.

Pero se despertaron al amanecer como de costumbre, y de repente, recordando lo glorioso que había sucedido, todos juntos corrieron hacia el pasto. Un poco más abajo en el pasto había un montículo desde el que se dominaba una vista de la mayor parte de la granja. Los animales corrieron a lo alto y miraron a su alrededor bajo la clara luz de la mañana. Sí, era de ellos, ¡todo lo que podían ver era de ellos! En el éxtasis de ese pensamiento, dieron vueltas y más vueltas, se lanzaron por los aires con grandes saltos de excitación. Rodaron en el rocío, arrancaron bocados de la dulce hierba de verano, levantaron terrones de la tierra negra y inhalaron su rico aroma. Luego hicieron un recorrido de inspección por toda la finca y contemplaron con muda admiración la tierra de labranza, el henar, la huerta, el estanque, la higuera. Era como si nunca hubieran visto estas cosas antes, e incluso ahora apenas podían creer que fuera todo suyo.

Luego regresaron en fila a los edificios de la granja y se detuvieron en silencio frente a la puerta. Eso también era de ellos, pero tenían miedo de entrar. Sin embargo, después de un momento, Bola de Nieve y Napoleón empujaron la puerta con el hombro y los animales entraron en fila india, caminando con sumo cuidado por temor a perturbar algo. Iban de puntillas de una habitación a otra, temerosos de hablar por encima de un susurro y mirando con una especie de asombro el increíble lujo, las camas con sus colchones de plumas, los espejos, el sofá de crin, la alfombra de Bruselas, la litografía de la reina Victoria sobre la repisa de la chimenea del salón. Estaban bajando las escaleras cuando se descubrió que Mollie no estaba. Al regresar, los demás descubrieron que ella se había quedado en el mejor dormitorio. Había cogido un trozo de cinta azul del tocador de la señora Jones y lo sostenía contra su hombro y se admiraba en el espejo de una manera muy tonta. Los demás le reprocharon con dureza, y salieron. Sacaron unos jamones que colgaban de la cocina y los enterraron, se sacó el barril de cerveza que había afuera de la cocina de un puntapié de Boxer, de resto no se tocó nada en la casa. En el acto se adoptó por unanimidad la resolución de conservar la casa como museo. Todos estaban de acuerdo en que ningún animal debía vivir allí.

Los animales desayunaron y luego Bola de Nieve y Napoleón los convocaron nuevamente.

—Camaradas —dijo Bola de Nieve—, son las seis y media y tenemos un largo día por delante. Hoy comenzamos la cosecha del heno. Pero hay otro asunto que debe ser atendido primero.

Los cerdos ahora revelaron que durante los últimos tres meses habían aprendido a leer y escribir con un viejo libro de ortografía que había pertenecido a los hijos del señor Jones y que había sido tirado en el montón de basura. Napoleón pidió botes de pintura blanca y negra y se dirigió a la puerta de cinco barrotes que daba a la carretera principal. Entonces Bola de Nieve (porque Bola de Nieve era el que mejor escribía) tomó un cepillo entre los dos nudillos de su pata, y tachó

GRANJA MANOR de la barra superior de la puerta y en su lugar pintó GRANJA ANIMAL. Este iba a ser el nombre de la granja de ahora en adelante. Después de esto, regresaron a los edificios de la granja, donde Bola de Nieve y Napoleón mandaron buscar una escalera que hicieron colocar contra la pared del fondo del gran granero. Explicaron que por sus estudios de los últimos tres meses los cerdos habían logrado reducir los principios del Animalismo a los Siete Mandamientos. Estos Siete Mandamientos estarían ahora inscritos en la pared; formarían una ley inalterable por la cual todos los animales de la granja de animales debían vivir para siempre. Con cierta dificultad (porque no es fácil para un cerdo mantener el equilibrio en una escalera), Bola de Nieve trepó y se puso a trabajar, con Squealer unos peldaños más abajo sosteniendo el bote de pintura. Los mandamientos estaban escritos en la pared alquitranada en grandes letras blancas que podían leerse a treinta metros de distancia. Decían así:

LOS SIETE MANDAMIENTOS

1. Todo lo que anda sobre dos piernas es enemigo.
2. Todo lo que anda sobre cuatro patas o tiene alas es un amigo.
3. Ningún animal vestirá ropa.
4. Ningún animal dormirá en una cama.
5. Ningún animal beberá alcohol.
6. Ningún animal matará a ningún otro animal.
7. Todos los animales son iguales.

Estaba muy bien escrito, y excepto que «amigo» se escribió «amgo» y una de las «s» estaba al revés, la ortografía era correcta. Bola de Nieve lo leyó en voz alta para beneficio de los demás. Todos los animales asintieron con la cabeza en completo acuerdo, y los más inteligentes de inmediato comenzaron a aprenderse los mandamientos de memoria.

—Ahora, camaradas —gritó Bola de Nieve, arrojando el pincel—, ¡al campo de heno! Hagamos que sea una cuestión de honor recoger la cosecha más rápido de lo que Jones y sus hombres podrían hacerlo.

Pero en ese momento las tres vacas, que parecían inquietas desde hacía algún tiempo, comenzaron a mugir fuerte. No habían sido ordeñadas en veinticuatro horas y sus ubres estaban a punto de reventar. Después de pensarlo un poco, los cerdos enviaron por baldes y ordeñaron a las vacas con bastante éxito, sus patitas estaban bien adaptadas a esta tarea. Pronto hubo cinco cubos de leche cremosa que muchos de los animales miraban con considerable interés.

—¿Qué va a pasar con toda esa leche? —dijo alguien.

—Jones solía mezclar un poco en nuestro puré —dijo una de las gallinas.

—¡No se preocupen por la leche, camaradas! —gritó Napoleón, colocándose delante de los cubos—. Eso será atendido. La cosecha es más importante. El camarada Bola de Nieve abrirá el camino. Lo seguiré en unos minutos. ¡Adelante, camaradas! El heno está esperando.

Así que los animales bajaron en tropel al campo de heno para comenzar la cosecha, y cuando regresaron por la noche se dieron cuenta de que la leche había desaparecido.

Capítulo 3

¡Cómo trabajaron y sudaron para conseguir el heno! Pero sus esfuerzos fueron recompensados, porque la cosecha fue un éxito aún mayor de lo que esperaban.

A veces el trabajo era duro; los implementos habían sido diseñados para seres humanos y no para animales, y era un gran inconveniente que ningún animal pudiera usar ninguna herramienta que implicara pararse sobre sus patas traseras. Pero los cerdos eran tan inteligentes que podían pensar en una forma de sortear cada dificultad. En cuanto a los caballos, conocían cada centímetro del campo y, de hecho, entendían el negocio de segar y rastrillar mucho mejor que Jones y sus hombres. Los cerdos en realidad no trabajaban, pero dirigían y supervisaban a los demás. Con su conocimiento superior, era natural que asumieran el liderazgo. Boxer y Clover se enganchaban al segador o al rastrillo (en estos días no se necesitaban frenos ni riendas, por supuesto) y daban vueltas y vueltas por el campo con un cerdo caminando detrás y gritando «¡Arriba, camarada!» o «¡Vuelve, camarada!», como podría ser el caso. Y todos los animales, hasta el más humilde, trabajaban para remover el heno y recogerlo. Incluso los patos y las gallinas trabajaban de un lado a otro todo el día bajo el sol, llevando diminutas briznas de heno en sus picos. Al final, terminaron la cosecha en dos días menos de lo que solían tardar Jones y sus hombres. Además, fue la cosecha más grande que la granja había visto jamás. No hubo desperdicio alguno; las gallinas y los patos con sus ojos afilados habían recogido hasta el último tallo. Y ningún animal de la granja había robado ni un bocado.

Durante todo ese verano, el trabajo de la granja transcurrió exacto, como un reloj. Los animales eran felices como nunca habían imaginado que fuera posible. Cada bocado de comida era un agudo placer positivo, ahora que era realmente su propia comida, producida por ellos mismos y para ellos, no repartida por un amo reticente. Con la desaparición de los inútiles seres humanos parasitarios, había más para comer para todos. También había más ocio, por inexpertos que fueran en esto los animales. Se encontraron con muchas dificultades, por ejemplo, más adelante en el año, cuando cosechaban el maíz, tenían que pisarlo al estilo antiguo y soplar la paja con su aliento, ya que la granja no poseía una máquina trilladora, pero los cerdos con su astucia y Boxer con sus tremendos músculos siempre los sacaba adelante. Boxer era la admiración de todos. Había sido un gran trabajador incluso en la época de Jones, pero ahora parecía más bien tres caballos que uno; había días en que todo el trabajo de la granja parecía descansar sobre sus poderosos hombros. De la mañana a la noche empujaba y tiraba, siempre en el lugar donde el trabajo era más duro. Había hecho un arreglo con uno de los gallos para que lo llamara por las mañanas media hora antes que a los demás, y hacía algún trabajo voluntario en lo que pareciera más necesario, antes de que comenzara el trabajo del día normal. Su respuesta a todos los problemas, a todos los contratiempos, era «¡Trabajaré más duro!», que había adoptado como su lema personal.

Pero todos trabajaban de acuerdo con su capacidad. Las gallinas y los patos, por ejemplo, ahorraron cinco fanegas de maíz en la cosecha recogiendo los granos perdidos. Nadie robaba, nadie se quejaba de sus raciones; las peleas, los mordiscos y los celos, que habían sido características normales de la vida en los viejos tiempos, casi habían desaparecido. Nadie holgazaneaba, o casi nadie. Mollie, era cierto, no era buena para levantarse por las mañanas, y tenía la costumbre de salir temprano del trabajo porque tenía una piedra en el casco. Y el comportamiento de la gata era algo peculiar. Pronto fue notorio que cuando había trabajo que hacer nunca se podía encontrar a la gata. Desaparecía durante horas y luego reaparecía a la hora de comer o por la noche después de terminarse el trabajo, como si nada hubiera pasado. Pero siempre ponía excusas tan excelentes y ronroneaba con tanto cariño, que era imposible no creer en sus buenas intenciones. El viejo Benjamín, el burro, parecía no haber cambiado desde la Rebelión. Hizo su trabajo de la misma manera lenta y obstinada en la que lo había hecho en la época de Jones, sin eludir nunca y sin ofrecerse como voluntario para realizar trabajo extra. Sobre la Rebelión y sus resultados no expresaba ninguna opinión. Cuando se le preguntaba si no estaba más feliz ahora que Jones se había ido, sólo decía: «Los burros viven mucho tiempo. Ninguno de ustedes ha visto nunca un burro muerto», y los demás tenían que contentarse con esta respuesta misteriosa.

Los domingos no había trabajo. El desayuno era una hora más tarde de lo habitual, y después del desayuno había una ceremonia que se celebraba todas las semanas sin excepción. Primero era el izado de la bandera. Bola de Nieve había encontrado en el cuarto de los arneses un viejo mantel verde de la señora Jones y le había pintado una pezuña y un cuerno de blanco. Esto se subía al asta de la bandera en el jardín de la granja todos los domingos por la mañana. La bandera era verde, explicó Bola de Nieve, para representar los campos verdes de Inglaterra, mientras que el casco y el cuerno significaban la futura República de los Animales que surgiría cuando la raza humana hubiera sido finalmente derrocada. Después de izar la bandera, todos los animales entraban en tropel al establo grande para una asamblea general que se conocía como la Reunión. En esta se planificaba el trabajo de la próxima semana y se proponían y debatían resoluciones. Siempre eran los cerdos los que proponían las resoluciones. Los otros animales entendían cómo votar, pero nunca podían pensar en ninguna resolución propia. Bola de Nieve y Napoleón eran, con mucho, los más activos en los debates. Pero se notó que estos dos nunca estaban de acuerdo: cualquier sugerencia que hiciera cualquiera de ellos, se podía contar con que el otro se opondría. Incluso cuando se resolvió, algo que nadie podía objetar en sí mismo, reservar el pequeño potrero detrás del huerto como hogar de descanso para los animales que habían dejado de trabajar, hubo un debate tormentoso sobre la edad correcta de jubilación para cada clase de animal. La Reunión siempre terminaba con el canto de 'Bestias de Inglaterra', y la tarde se dedicaba a la recreación.

Los cerdos habían reservado el cuarto de los arneses como cuartel general para ellos mismos. Aquí, por las tardes, estudiaban herrería, carpintería y otras artes necesarias con los libros que habían traído de la granja. Bola de Nieve también se ocupó de organizar a los otros animales en lo que llamó Comités de Animales. Era infatigable en esto. Formó el Comité de Producción de Huevos para las gallinas, la Liga de Colas Limpias para las vacas, el Comité de Reeducación de los Camaradas Salvajes (cuyo objeto era domar a las ratas y a los conejos), el Movimiento de Lana Más Blanca para las ovejas, y varios otros, además de instituir clases de lectura y escritura. En general, estos proyectos fueron un fracaso. El intento de domar a las criaturas salvajes, por ejemplo, fracasó casi de inmediato. Continuaron comportándose como antes, y cuando se les trató con generosidad, simplemente se aprovecharon de ello. La gata se incorporó al Comité de Reeducación y estuvo muy activa en él durante algunos días. Se la vio un día sentada en un techo hablando con unos gorriones que estaban fuera de su alcance. Les estaba diciendo que ahora todos los animales eran camaradas y que cualquier gorrión que quisiera podía venir y posarse en su pata; pero los gorriones se mantuvieron a distancia.

Las clases de lectura y escritura, sin embargo, fueron un gran éxito. Para el otoño, casi todos los animales de la granja estaban alfabetizados en algún grado.

En cuanto a los cerdos, ya sabían leer y escribir perfectamente. Los perros aprendieron a leer bastante bien, pero no estaban interesados en leer nada excepto los Siete Mandamientos. Muriel, la cabra, podía leer algo mejor que los perros, y a veces solía leerles trozos de periódico que encontraba en el montón de basura a los demás por las tardes. Benjamín sabía leer tan bien como cualquier cerdo, pero nunca ejercía su facultad. Hasta donde sabía, dijo, no había nada que valiera la pena leer. Clover aprendió todo el alfabeto, pero no pudo unir las palabras. Boxer no podía ir más allá de la letra D. Trazaba A, B, C, D, en el polvo con su gran pezuña, y luego se quedaba mirando las letras con la oreja hacia atrás, a veces sacudiendo el mechón, tratando con todas sus fuerzas de recordar lo que venía después y nunca tuvo éxito. En varias ocasiones, de hecho, aprendió E, F, G y H, pero cuando lo aprendió, descubrió que había olvidado A, B, C y D. Finalmente, decidió contentarse con las cuatro primeras letras, y solía escribirlas una o dos veces al día para refrescar su memoria. Mollie se negó a aprender nada más que las seis letras que formaban su propio nombre. Ella las formaba muy cuidadosamente con pedazos de ramitas, y luego las decoraba con una flor o dos y caminaba alrededor de ellas admirándolas.

Ninguno de los otros animales de la granja podía llegar más allá de la letra A. También se descubrió que los animales más estúpidos, como las ovejas, las gallinas y los patos, no podían aprenderse los Siete Mandamientos de memoria. Después de mucho pensar, Bola de Nieve declaró que los Siete Mandamientos podían reducirse en efecto a una sola máxima, a saber: «Cuatro patas bien, dos patas mal». Esto, dijo, contenía el principio esencial del Animalismo. Quienquiera que lo hubiera captado a fondo estaría a salvo de las influencias humanas. Los pájaros al principio objetaron, ya que les parecía que ellos también tenían dos patas, pero Bola de Nieve les demostró que no era así.

—El ala de un pájaro, camaradas —dijo—, es un órgano de propulsión y no de manipulación. Por lo tanto, debe considerarse como una pata. La marca distintiva del hombre es la MANO, el instrumento con el que hace todas sus travesuras.

Los pájaros no entendieron las largas palabras de Bola de Nieve, pero aceptaron su explicación, y todos los animales más humildes se pusieron manos a la obra para aprenderse de memoria la nueva máxima. CUATRO PATAS BIEN, DOS PATAS MAL, estaba inscrito en la pared del fondo del establo, encima de los Siete Mandamientos y en letras más grandes. Pronto todos en el campo empezaban a balar «¡Cuatro patas bien, dos patas mal! ¡Cuatro patas bien, dos patas mal!», y lo repetían activamente durante horas y horas, sin cansarse nunca de ello.

Napoleón no se interesó por los comités de Bola de Nieve. Dijo que la educación de los jóvenes era más importante que cualquier cosa que pudiera hacerse por los que ya eran adultos. Sucedió que Jessie y Bluebell habían parido poco después de la cosecha del heno, dando a luz entre las dos a nueve robustos cachorros. Tan pronto como fueron destetados, Napoleón los alejó de sus madres, diciendo que se haría responsable de su educación. Los llevó a un desván al que sólo se podía acceder por una escalera desde el cuarto de los arneses, y allí los mantuvo en tal reclusión que el resto de la granja pronto olvidó su existencia.

El misterio de adónde fue a parar la leche pronto se esclareció. Se mezclaba todos los días en el puré de los cerdos. Las primeras manzanas ya estaban madurando, y la hierba del huerto estaba sembrada de frutos del bosque. Los animales habían asumido como algo natural que estos se repartirían por igual; un día, sin embargo, se emitió la orden de que todas las ganancias inesperadas debían ser recolectadas y llevadas al cuarto de arneses para uso de los cerdos. Ante esto, algunos de los otros animales murmuraron, pero fue inútil. Todos los cerdos estaban totalmente de acuerdo en este punto, incluso Bola de Nieve y Napoleón. Squealer fue enviado a dar las explicaciones necesarias a los demás.

—¡Camaradas! —gritó—. No se imaginen, espero, que nosotros, los cerdos, estamos haciendo esto con un espíritu de egoísmo y privilegio. A muchos de nosotros realmente nos disgustan la leche y las manzanas. A mí también me desagradan. Nuestro único objetivo al tomar estas cosas es preservar nuestra salud. Leche y manzanas (esto ha sido demostrado por la ciencia, compañeros) contienen sustancias absolutamente necesarias para el bienestar de un cerdo. Los cerdos somos trabajadores del cerebro. Toda la gestión y organización de esta granja depende de nosotros. Día y noche velamos por su bienestar. Es por USTEDES que bebemos esa leche y comemos esas manzanas. ¿Saben lo que pasaría si los cerdos fallamos en nuestro deber? ¡Jones regresaría! ¡Sí, Jones regresaría! Ténganlo por seguro, camaradas —gritó Squealer casi suplicante, moviendo de un lado a otro su cola—; seguro que no hay nadie entre ustedes que quiera ver a Jones regresar.

Ahora bien, si había una cosa de la que los animales estaban completamente de acuerdo, era que no querían que Jones volviera. Cuando se les puso bajo esta luz, no tenían más que decir. La importancia de mantener a los cerdos con buena salud era demasiado obvia. Así que se acordó sin más argumentos que la leche y las manzanas inesperadas (y también la cosecha principal de manzanas cuando maduraran) deberían reservarse sólo para los cerdos.

Capítulo 4

A finales del verano, la noticia de lo que había sucedido en Granja Animal se había extendido por medio condado. Todos los días, Bola de Nieve y Napoleón enviaban bandadas de palomas cuyas instrucciones eran mezclarse con los animales de las granjas vecinas, contarles la historia de la Rebelión y enseñarles la melodía de 'Bestias de Inglaterra'.

El señor Jones había pasado la mayor parte de ese tiempo sentado en la taberna Red Lion de Willingdon, quejándose con cualquiera que quisiera escucharlo de la monstruosa injusticia que había sufrido al ser expulsado de su propiedad por una manada de animales inútiles. Los otros granjeros simpatizaron al principio, pero no le dieron mucha ayuda. En el fondo, cada uno de ellos se preguntaba en secreto si no podría convertir la desgracia de Jones en su propio beneficio. Fue una suerte que los propietarios de las dos granjas contiguas a La Granja Animal estuvieran permanentemente en malos términos. Una de estas granjas, que se llamaba Foxwood, era enorme, descuidada y anticuada, muy cubierta de bosques, con todos sus pastos gastados y sus setos en un estado vergonzoso. Su dueño, el señor Pilkington, era un agricultor tranquilo y caballeroso que pasaba la mayor parte de su tiempo pescando o cazando según la estación. La otra granja, que se llamaba Pinchfield, era más pequeña y mejor cuidada. Su dueño era un tal señor Frederick, un hombre duro y astuto, siempre involucrado en pleitos y con fama de hacer negocios duros. Estos dos se desagradaban tanto que les resultaba difícil llegar a un acuerdo, incluso en defensa de sus propios intereses.

Sin embargo, ambos estaban profundamente asustados por la rebelión en La Granja Animal y muy ansiosos por evitar que sus propios animales aprendieran demasiado al respecto. Al principio fingieron reírse para despreciar la idea de que los animales administraran una granja por sí mismos. Todo terminaría en quince días, dijeron. Aseguraron que los animales en la Granja Manor (insistieron en llamarla Granja Manor, no tolerarían el nombre de «Granja Animal») estarían perpetuamente peleando entre ellos y se morirían rápidamente de hambre. Cuando pasó el tiempo y los animales evidentemente no se habían muerto de hambre, Frederick y Pilkington cambiaron de tono y comenzaron a hablar de la terrible maldad que ahora florecía en Granja Animal. Se supo que allí los animales practicaban el canibalismo, se torturaban unos a otros con herraduras al rojo vivo y tenían en común a sus hembras. Esto era lo que sucedía al rebelarse contra las leyes de la Naturaleza, dijeron Frederick y Pilkington.

Sin embargo, estas historias nunca fueron creídas totalmente. Rumores de una maravillosa granja, de la que los seres humanos habían sido expulsados y en que los animales se las arreglaban solos, continuaron circulando en formas vagas y distorsionadas, y durante todo ese año una ola de rebeldía recorrió el campo. Los toros, que siempre habían sido dóciles, de repente se volvieron salvajes, las ovejas derribaron los setos y devoraron los tréboles, las vacas patearon el balde. Sobre todo, la melodía e incluso la letra de 'Bestias de Inglaterra' eran conocidas en todas partes. Se había extendido con una velocidad asombrosa. Los seres humanos no pudieron contener su rabia cuando escucharon esta canción, aunque fingieron pensar que era simplemente ridícula. No podían entender, dijeron, cómo incluso los animales podían decidirse a cantar una basura tan despreciable. Cualquier animal atrapado cantándola era azotado en el acto. Y, sin embargo, la canción era incontenible. Los mirlos la silbaban en los setos, las palomas la arrullaban en los olmos; se metía en el estruendo de las herrerías y en el son de las campanas de las iglesias. Y cuando los seres humanos la escuchaban, temblaban en secreto, escuchando en ella una profecía de su destino futuro.

A principios de octubre, cuando el maíz estaba cortado y apilado y parte ya estaba trillado, una bandada de palomas vino dando vueltas por el aire y se posó en el patio de Granja Animal con la más salvaje excitación. Jones y todos sus hombres, con media docena más de Foxwood y Pinchfield, habían atravesado la puerta de los cinco barrotes y subían por el camino de carros que conducía a la granja. Todos llevaban palos, excepto Jones, que marchaba delante con un arma en las manos. Evidentemente iban a intentar la reconquista de la finca.

Esto se había esperado durante mucho tiempo y se habían hecho todos los preparativos. Bola de Nieve, que había estudiado un viejo libro de las campañas de Julio César que había encontrado en la propiedad, estaba a cargo de las operaciones defensivas. Dio sus órdenes rápidamente, y en un par de minutos todos los animales estaban en sus puestos.

Cuando los seres humanos se acercaron a los edificios de la granja, Bola de Nieve lanzó su primer ataque. Todas las palomas, en número de treinta y cinco, volaban de un lado a otro sobre las cabezas de los hombres en silencio; y mientras los hombres se ocupaban de esto, los gansos, que se habían estado escondiendo detrás del seto, salieron corriendo y les picotearon brutalmente las pantorrillas. Sin embargo, esto era sólo una ligera maniobra de escaramuza destinada a crear un poco de desorden, y los hombres fácilmente ahuyentaron a los gansos con sus palos. Bola de Nieve lanzó su segunda línea de ataque. Muriel, Benjamín y todas las ovejas, con Bola de Nieve a la cabeza, se lanzaron hacia adelante y empujaron y embistieron a los hombres por todos lados, mientras Benjamín se daba la vuelta y los azotaba con sus pequeños cascos. Pero una vez más los hombres, con sus bastones y sus botas claveteadas, fueron demasiado fuertes para ellos; y de repente, ante un chillido de Bola de Nieve, que era la señal de retirada, todos los animales dieron media vuelta y huyeron por la puerta de entrada al patio.

Los hombres dieron un grito de triunfo. Vieron, como imaginaron, a sus enemigos en fuga, y corrieron tras ellos en desorden. Esto era justo lo que Bola de Nieve pretendía. Tan pronto como estuvieron dentro del patio, los tres caballos, las tres vacas y el resto de los cerdos, que habían estado al acecho en el establo, aparecieron repentinamente en su retaguardia, cerrándolos. Bola de Nieve dio la señal para la carga. Él mismo corrió directamente hacia Jones. Jones lo vio venir, levantó su arma y disparó. Los perdigones marcaron rayas sangrientas a lo largo de la espalda de Bola de Nieve, y una oveja cayó muerta. Sin detenerse ni un instante, Bola de Nieve arrojó sus 90 kilos contra las piernas de Jones. Jones fue arrojado a una pila de estiércol y su arma salió volando de sus manos. Pero el espectáculo más aterrador de todos fue Boxer, alzándose sobre sus patas traseras y golpeando con sus grandes cascos de hierro como un semental. Su primer golpe dio en el cráneo a un joven de Foxwood y lo tumbó sin vida en el barro. Al verlo, varios hombres soltaron sus palos y trataron de correr. El pánico se apoderó de ellos, y al momento siguiente todos los animales juntos los perseguían dando vueltas y vueltas por el patio. Fueron corneados, pateados, mordidos, pisoteados. No había animal en la granja que no se vengara de ellos a su manera. Incluso la gata saltó repentinamente de un techo sobre los hombros de un vaquero y le clavó las garras en el cuello, a lo que este gritó horriblemente. En un momento en que la entrada estuvo despejada, los hombres se alegraron de salir corriendo del patio y echar a correr hacia la carretera principal. Y así, a los cinco minutos de su invasión estaban en ignominiosa retirada por el mismo camino por el que habían venido, con una bandada de gansos silbando tras ellos y picoteando sus pantorrillas todo el camino.

Todos los hombres se habían ido excepto uno. De vuelta en el patio, Boxer estaba pateando con su casco al mozo de cuadra que yacía boca abajo en el barro, tratando de voltearlo. El chico no se movía.

—Está muerto —dijo Boxer con tristeza—. No tenía intención de hacer eso. Olvidé que estaba usando zapatos de hierro. ¿Quién creerá que no hice esto a propósito?

—¡Sin sentimentalismos, camarada! —gritó Bola de Nieve, de cuyas heridas la sangre todavía goteaba—. La guerra es la guerra. El único ser humano bueno es el muerto.

—No tengo ningún deseo de quitar la vida, ni siquiera la vida humana —repitió Boxer, y sus ojos se llenaron de lágrimas.

—¿Dónde está Mollie? —exclamó alguien.

Mollie, de hecho, no estaba. Por un momento hubo gran alarma; se temía que los hombres pudieran haberla dañado de alguna manera, o incluso que se la hubieran llevado con ellos. Al final, sin embargo, la encontraron escondida en su pesebre con la cabeza enterrada entre el heno. Se había dado a la fuga tan pronto como se disparó el arma. Y cuando los demás regresaron de buscarla, encontraron que el mozo de cuadra, que en realidad sólo estaba aturdido, ya se había recuperado y se había ido.

Los animales ahora se habían vuelto a reunir en la más salvaje excitación, cada uno contando sus propias hazañas en la batalla en voz alta. Inmediatamente se llevó a cabo una improvisada celebración de la victoria. Se izó la bandera y se cantó 'Bestias de Inglaterra' varias veces, luego se le dio un funeral solemne a la oveja que había sido sacrificada y se plantó un arbusto de espino en su tumba. Junto a la tumba, Bola de Nieve pronunció un pequeño discurso, enfatizando la necesidad de que todos los animales estuvieran listos para morir por Granja Animal si era necesario.

Los animales decidieron por unanimidad crear una condecoración militar, «Héroe animal de primera clase», que fue otorgada allí mismo a Bola de Nieve y Boxer. Consistía en una medalla de bronce (en realidad eran unas viejas herraduras de caballo que se habían encontrado en el cuarto de los arneses), para llevar los domingos y días festivos. También hubo la «Héroe animal de segunda clase», que fue conferida póstumamente a la oveja muerta.

Hubo mucha discusión sobre cómo debería llamarse la batalla. Al final, se la denominó Batalla del Establo, ya que allí se había producido la emboscada. El arma del señor Jones había sido encontrada tirada en el barro, y se sabía que había un suministro de cartuchos en la granja. Se decidió colocar el arma al pie del asta de la bandera, como una pieza de artillería, y disparar dos veces al año: una el 12 de octubre, el aniversario de la Batalla del Establo, y otra el día del solsticio de verano, el aniversario de la Rebelión.

Capítulo 5

A medida que se acercaba el invierno, Mollie se volvió cada vez más problemática. Llegaba tarde al trabajo todas las mañanas y se excusaba diciendo que se había quedado dormida y se quejaba de dolores misteriosos, aunque su apetito era excelente. Con cualquier tipo de pretexto, se escapaba del trabajo y se dirigía al estanque para beber, donde se quedaba de pie, tontamente, contemplando su propio reflejo en el agua. Pero también hubo rumores de algo más serio. Un día, mientras Mollie paseaba alegremente por el patio, coqueteando con su larga cola y masticando un tallo de heno, Clover la llevó a un lado.

—Mollie —dijo—, tengo que decirte algo muy serio. Esta mañana te vi mirando por encima del seto que separa Granja Aninal de Foxwood. Uno de los hombres del señor Pilkington estaba de pie al otro lado del seto. Y... Yo estaba muy lejos, pero estoy casi seguro de que vi... Te estaba hablando y tú le permitías que te acariciara la nariz. ¿Qué significa eso, Mollie?

—¡Él no lo hizo! ¡Yo no lo hice! ¡No es verdad! —gritó Mollie, comenzando a dar cabriolas y pateando el suelo.

—¡Mollie! Mírame a la cara. ¿Me das tu palabra de honor de que ese hombre no te estaba acariciando la nariz?

—¡No es verdad! —repitió Mollie, pero no podía mirar a Clover a la cara, y al momento siguiente dio media vuelta y se alejó al galope por el campo.

Un pensamiento golpeó a Clover. Sin decir nada a los demás, fue al establo de Mollie y revolvió la paja con su casco. Escondido bajo la paja había un montoncito de terrones de azúcar y varios manojos de cintas de diferentes colores.

Tres días después, Mollie desapareció. Durante algunas semanas no se supo nada de su paradero, luego las palomas informaron que la habían visto al otro lado de Willingdon. Estaba entre los ejes de un elegante carro para perros pintado de rojo y negro, que estaba parado frente a una taberna. Un hombre de rostro gordo, con calzones a cuadros y polainas, que parecía un tabernero, le acariciaba la nariz y la alimentaba con azúcar. Su abrigo estaba recién abrochado y llevaba una cinta escarlata alrededor del mechón. Parecía estar divirtiéndose, dijeron las palomas. Ninguno de los animales volvió a mencionar a Mollie.

En enero vino un tiempo amargamente duro. La tierra era como el hierro, y nada se podía hacer en los campos. Se celebraron muchas reuniones en el establo grande y los cerdos se ocuparon de planificar el trabajo de la próxima temporada.

Se había llegado a aceptar que los cerdos, que eran manifiestamente más inteligentes que los demás animales, debían decidir todas las cuestiones de política agrícola, aunque sus decisiones tenían que ser ratificadas por mayoría de votos. Este arreglo habría funcionado bastante bien si no hubiera sido por las disputas entre Bola de Nieve y Napoleón. Estos dos estaban en desacuerdo en todos los puntos en los que era posible estar en desacuerdo. Si uno de ellos sugería sembrar una mayor superficie de cebada, el otro seguramente exigiría una mayor superficie de avena, y si uno de ellos decía que tal o cual campo era el adecuado para las coles, el otro declaraba que era inútil para cualquier cosa excepto tubérculos. Cada uno tenía sus propios seguidores, y hubo algunos debates violentos. En las Reuniones, Bola de Nieve a menudo se ganaba a la mayoría con sus brillantes discursos, pero Napoleón era mejor para buscar apoyo para sí mismo en los intervalos. Tuvo especial éxito con las ovejas. Últimamente a las ovejas les había dado por balar «Cuatro patas bien, dos patas mal» tanto cuando era adecuado hacerlo como cuando no, y a menudo interrumpían la Reunión con eso. Se notó que eran especialmente propensas a estallar en «Cuatro patas bien, dos patas mal» en momentos cruciales de los discursos de Bola de Nieve. Bola de Nieve había hecho un estudio detallado de algunos números viejos de la revista *Agricultura y Ganadería* que había encontrado en la granja, y estaba lleno de planes para innovaciones y mejoras. Hablaba sabiamente sobre drenajes de campo, ensilaje y fertilización básica, y había ideado un complicado plan para que todos los animales arrojaran su estiércol directamente en los campos, en un lugar diferente cada día, para ahorrar el trabajo de acarreo. Napoleón no presentó ningún plan propio, pero dijo en voz baja que el de Bola de Nieve se quedaría en nada, y parecía estar esperando el momento oportuno. Pero de todas sus polémicas, ninguna fue más amarga que la que tuvo lugar sobre el molino de viento.

En el largo pasto, no lejos de los edificios de la granja, había un pequeño montículo que era el punto más alto de la granja. Después de inspeccionar el terreno, Bola de Nieve declaró que este era el lugar preciso para un molino de viento, que podría funcionar para operar un dínamo y suministrar energía eléctrica a la granja. Eso iluminaría los establos y los calentaría en invierno, y también haría funcionar una sierra circular, una cortadora de paja y una máquina de ordeño eléctrica. Los animales nunca antes habían oído hablar de algo así (porque la granja era anticuada y sólo tenía la maquinaria más primitiva), y escucharon con asombro mientras Bola de Nieve conjuraba imágenes de máquinas fantásticas que harían su trabajo por ellos mientras pastaban a sus anchas en los campos o mejorarían sus mentes con la lectura y la conversación.

En unas pocas semanas, los planes de Bola de Nieve para el molino de viento estaban completamente elaborados. Los detalles mecánicos procedían principalmente de tres libros que habían pertenecido al señor Jones: *Mil cosas útiles para hacer en la casa*, *Cada hombre su propio albañil* y *Electricidad para principiantes*. Bola de Nieve usó como su estudio un cobertizo que alguna vez había sido usado para incubadoras y tenía un piso de madera liso, adecuado para dibujar. Pasaba encerrado allí durante horas seguidas. Con sus libros abiertos por una piedra, y con un trozo de tiza agarrado entre los nudillos de su manita, se movía rápidamente de un lado a otro, dibujando línea tras línea y emitiendo pequeños gemidos de emoción. Gradualmente, los planos se fueron convirtiendo en una complicada masa de manivelas y ruedas dentadas, que cubría más de la mitad del suelo y que los otros animales encontraban completamente ininteligibles, pero muy impresionantes. Todos venían a mirar los dibujos de Bola de Nieve al menos una vez al día. Incluso las gallinas y los patos lo hicieron, y se esforzaron por no pisar las marcas de tiza. Sólo Napoleón se mantuvo al margen. Se había declarado en contra del molino de viento desde el principio. Un día, sin embargo, llegó inesperadamente para examinar los planos. Caminó pesadamente alrededor del cobertizo, miró atentamente cada detalle de los planos y los olfateó una o dos veces, después se quedó un rato contemplándolos con el rabillo del ojo; luego, de repente, levantó la pierna, orinó sobre los planos y salió sin decir una palabra.

Toda la granja estaba profundamente dividida sobre el tema del molino de viento. Bola de Nieve no negó que construirlo sería un asunto difícil. La piedra tendría que ser movida y debían construirse paredes, luego tendrían que hacerse las velas y después de eso habría necesidad de dínamos y cables (cómo se conseguirían estos, Bola de Nieve no lo dijo). Pero sostuvo que todo podría hacerse en un año. Y a partir de entonces, declaró, se ahorraría tanto trabajo que los animales sólo tendrían que trabajar tres días a la semana. Napoleón, por su parte, argumentaba que la gran necesidad del momento era aumentar la producción de alimentos, y que si perdían el tiempo en el molino de viento todos morirían de hambre. Los animales se formaron en dos facciones bajo el lema «Vota por Bola de Nieve y la semana de tres días» y «Vota por Napoleón y el pesebre completo». Benjamín fue el único animal que no se puso del lado de ninguna de las dos facciones. Se negó a creer que la comida sería más abundante o que el molino de viento ahorraría trabajo. Con molino de viento o sin él, dijo, la vida seguiría como siempre; es decir, mal.

Aparte de las disputas por el molino de viento, estaba la cuestión de la defensa de la finca. Se comprendió plenamente que, aunque los seres humanos habían sido derrotados en la Batalla del Establo de las Vacas, podrían hacer otro intento más decidido de recuperar la granja y reincorporar al señor Jones. Tenían más razones para hacerlo porque la noticia de su derrota se había extendido por el campo e hizo que los animales de las granjas vecinas estuvieran más inquietos que nunca. Como de costumbre, Bola de Nieve y Napoleón estaban en desacuerdo. Según Napoleón, lo que debían hacer los animales era procurarse armas de fuego y entrenarse en el uso de las mismas. Según Bola de Nieve, debían enviar cada vez más palomas y provocar la rebelión entre los animales de las otras granjas. Uno argumentaba que si no podían defenderse, estaban obligados a ser conquistados; el otro argumentaba que si ocurrían rebeliones en todas partes, no tendrían necesidad de defenderse. Los animales escucharon primero a Napoleón, luego a Bola de Nieve, y no pudieron decidir cuál estaba en lo correcto; de hecho, siempre se encontraban de acuerdo con quien estuviera hablando en ese momento.

Por fin llegó el día en que se completaron los planes de Bola de Nieve. En la Reunión del domingo siguiente se iba a someter a votación la cuestión de comenzar o no a trabajar en el molino de viento. Cuando los animales se hubieron reunido en el gran granero, Bola de Nieve se puso de pie y, aunque ocasionalmente lo interrumpían los balidos de las ovejas, expuso sus razones para abogar por la construcción del molino de viento. Entonces Napoleón se levantó para responder. Dijo en voz muy baja que el molino de viento era una tontería y que no aconsejaba a nadie que votara por este, y enseguida volvió a sentarse; había hablado apenas treinta segundos y parecía casi indiferente al efecto que producía. Ante esto, Bola de Nieve se puso en pie de un salto y, gritando por encima de las ovejas, que habían comenzado a balar de nuevo, rompió en una apasionada súplica a favor del molino de viento. Hasta ahora, los animales habían estado divididos por igual en sus simpatías, pero en un momento la elocuencia de Bola de Nieve se los llevó. En oraciones elogiosas, pintó una imagen de Granja Animal como podría ser cuando el trabajo sórdido fuera quitado de las espaldas de los animales. Su imaginación ahora había ido mucho más allá de los cortadores de paja y la trituradora de nabos. La electricidad, dijo, podía hacer funcionar trilladoras, arados, gradas, rodillos, segadoras y atadoras, además de suministrar a cada puesto su propia luz eléctrica, agua fría y caliente y un calentador eléctrico. Cuando terminó de hablar, no había ninguna duda de hacia dónde iría la votación. Pero justo en ese momento, Napoleón se puso de pie y, lanzando una peculiar mirada de reojo a Bola de Nieve, emitió un gemido agudo de un modo que nadie le había oído antes.

En ese instante, se oyó un terrible aullido en el exterior y nueve perros enormes que llevaban collares con tachuelas de latón entraron dando saltos en el establo. Se lanzaron directamente hacia Bola de Nieve, quien saltó de su lugar justo a tiempo para escapar de sus fauces. En un momento, estaba fuera de la puerta y los perros, tras él. Demasiado asombrados y asustados para hablar, todos los animales se agolparon a través de la puerta para observar la persecución. Bola de Nieve corría a través de los largos pastos que conducían a la carretera. Corría como sólo puede correr un cerdo, pero los perros le pisaban los talones. De repente resbaló y parecía seguro que lo tenían. Luego se levantó de nuevo, corriendo más rápido que nunca; los perros lo estaban alcanzando nuevamente. Uno de ellos casi cerró sus mandíbulas en la cola de Bola de Nieve, pero Bola de Nieve la liberó justo a tiempo. Luego aceleró más y, con unos pocos centímetros de sobra, se deslizó por un agujero en el seto y no se lo vio más.

Silenciosos y aterrorizados, los animales regresaron sigilosamente al establo. En un momento los perros regresaron dando saltos. Al principio nadie había sido capaz de imaginar de dónde procedían estas criaturas, pero el problema pronto se resolvió: eran los cachorros que Napoleón había arrebatado a sus madres y criado en privado. Aunque todavía no habían alcanzado la madurez, eran perros enormes y de aspecto tan feroz como lobos. Se mantuvieron cerca de Napoleón. Se notó que movían la cola hacia él de la misma manera que los otros perros solían hacerlo con el señor Jones.

Napoleón, con los perros siguiéndolo, subió a la parte elevada del piso donde Mayor se había parado previamente para pronunciar su discurso. Anunció que a partir de ese momento se acababan las Reuniones de los domingos por la mañana. Eran innecesarias, dijo, y una pérdida de tiempo. En el futuro, todas las cuestiones relativas al funcionamiento de la granja serían resueltas por un comité especial de cerdos, presidido por él mismo. Estos se reunirían en privado y luego comunicarían sus decisiones a los demás. Los animales todavía se reunirían los domingos por la mañana para saludar la bandera, cantar 'Bestias de Inglaterra' y recibir sus órdenes para la semana, pero no habría más debates.

A pesar del susto que les había causado la expulsión de Bola de Nieve, los animales estaban consternados por este anuncio. Varios de ellos habrían protestado si hubieran podido encontrar los argumentos adecuados. Incluso Boxer estaba vagamente preocupado. Echó las orejas hacia atrás, sacudió el mechón varias veces y se esforzó por ordenar sus pensamientos; pero al final no se le ocurrió nada que decir. Sin embargo, algunos de los propios cerdos eran más articulados. Cuatro cerdos jóvenes en la primera fila emitieron agudos chillidos de desaprobación, y los cuatro se pusieron de pie de un salto y comenzaron a hablar a la vez. Pero de repente, los perros sentados alrededor de Napoleón emitieron gruñidos profundos y amenazadores, y los cerdos se callaron y volvieron a sentarse. Entonces la oveja estalló en un tremendo balido de «¡Cuatro patas bien, dos patas mal!» que se prolongó durante casi un cuarto de hora y puso fin a cualquier posibilidad de discusión.

Posteriormente, Squealer fue enviado a recorrer la granja para explicar el nuevo arreglo a los demás.

—Camaradas —dijo—, confío en que todos los animales aquí aprecian el sacrificio que ha hecho el camarada Napoleón al asumir este trabajo extra. ¡No se imaginen, camaradas, que el liderazgo es un placer! Al contrario, es una responsabilidad grande y profunda. Nadie cree más firmemente que el camarada Napoleón en que todos los animales son iguales. Sería muy feliz si les dejara tomar sus propias decisiones. Pero a veces pueden tomar las decisiones equivocadas, camaradas, y entonces, ¿hasta dónde llegaríamos? ¿Habrían decidido seguir a Bola de Nieve, con su locura de los molinos de viento, Bola de Nieve, quien, como ahora sabemos, no era más que un criminal?

—Luchó valientemente en la Batalla del Establo —dijo alguien.

—La valentía no es suficiente —dijo Squealer—. La lealtad y la obediencia son más importantes. Y en cuanto a la Batalla del Establo, creo que llegará el momento en que encontraremos que lo que hizo de Bola de Nieve en ella fue muy exagerado. ¡Disciplina, camaradas, férrea disciplina! Esa es la consigna para hoy. Un paso en falso, y nuestros enemigos estarían sobre nosotros. Seguramente, camaradas, no quieren que Jones regrese, ¿o sí?

Una vez más, este argumento era incontestable. Ciertamente, los animales no querían que Jones volviera; si la celebración de debates los domingos por la mañana podía traerlo de regreso, entonces los debates debían detenerse. Boxer, que ahora había tenido tiempo de pensar las cosas, expresó el sentimiento general diciendo: «Si el camarada Napoleón lo dice, debe ser correcto». Y desde entonces adoptó la máxima «Napoleón siempre tiene razón», además de su lema privado de «Trabajaré más duro».

Para entonces, el tiempo había mejorado y el arado de primavera había comenzado. El cobertizo en el que Bola de Nieve había dibujado sus planos del molino de viento había sido cerrado y se suponía que los planos habían sido borrados del suelo. Todos los domingos por la mañana, a las diez en punto, los animales se reunían en el establo grande para recibir sus pedidos para la semana. El cráneo del viejo Mayor, ahora sin carne, había sido desenterrado del huerto y colocado en un tocón al pie del asta de la bandera, al lado del arma. Después de izar la bandera, se pidió a los animales que desfilaran frente al cráneo con reverencia antes de entrar en el establo. Ahora ya no se sentaban todos juntos como en el pasado. Napoleón, con Squealer y otro cerdo llamado Mínimus, que tenía un notable don para componer canciones y poemas, se sentaban en la parte delantera de la plataforma elevada, con los nueve perros jóvenes formando un semicírculo a su alrededor y los otros cerdos sentados detrás. El resto de los animales estaban sentados frente a ellos en el cuerpo principal del establo. Napoleón leía las órdenes para la semana con un brusco estilo marcial y después de un solo canto de 'Bestias de Inglaterra', todos los animales se dispersaban.

El tercer domingo después de la expulsión de Bola de Nieve, los animales se sorprendieron un poco al escuchar a Napoleón anunciar que, después de todo, se construiría el molino de viento. No dio ninguna razón por la que había cambiado de opinión, sino que simplemente advirtió a los animales que esta tarea adicional significaría un trabajo muy duro, que incluso podría ser necesario reducir sus raciones. Los planes, sin embargo, estaban todos preparados, hasta el último detalle. Un comité especial de cerdos había estado trabajando con ellos durante las últimas tres semanas. Se esperaba que la construcción del molino de viento, con varias otras mejoras, llevaría dos años.

Esa noche, Squealer explicó en privado a los otros animales que, en realidad, Napoleón nunca se había opuesto al molino de viento. Por el contrario, fue él quien lo abogó al principio, y el plano que Bola de Nieve había dibujado en el suelo del cobertizo de la incubadora había sido robado de entre los papeles de Napoleón. El molino de viento fue, de hecho, una creación del propio Napoleón. ¿Por qué, entonces, preguntó alguien, había hablado tan fuertemente en contra? Aquí Squealer parecía muy astuto. Eso, dijo, era la astucia del camarada Napoleón. Parecía oponerse al molino de viento, simplemente como una maniobra para deshacerse de Bola de Nieve, que era un personaje peligroso y una mala influencia. Ahora que Bola de Nieve estaba fuera del camino, el plan podía seguir adelante sin su interferencia. Esto, dijo Squealer, era algo llamado táctica. Repitió varias veces: «¡Táctica, camaradas, táctica!», saltando y moviendo la cola con una risa alegre. Los animales no estaban seguros de lo que significaba la palabra, pero Squealer habló de manera tan persuasiva, y los tres perros que estaban con él gruñeron tan amenazadoramente, que aceptaron su explicación sin más preguntas.

Capítulo 6

Todo ese año los animales trabajaron como esclavos. Pero estaban felices en su trabajo; no escatimaron esfuerzos ni sacrificios, bien conscientes de que todo lo que hacían era en beneficio de ellos mismos y de los de su especie que vendrían después de ellos, y no para una manada de seres humanos ociosos y ladrones.

Durante la primavera y el verano trabajaron sesenta horas a la semana, y en agosto Napoleón anunció que también habría trabajo los domingos por la tarde. Este trabajo era estrictamente voluntario, pero cualquier animal que se ausentara de él vería reducida su ración a la mitad. Aun así, se consideró necesario dejar ciertas tareas sin hacer. La cosecha fue un poco menos exitosa que el año anterior, y dos campos que deberían haber sido sembrados con tubérculos a principios del verano no fueron sembrados porque el arado no se había completado lo suficientemente temprano. Era posible prever que el próximo invierno sería duro.

El molino de viento presentó dificultades inesperadas. Había una buena cantera de piedra caliza en la finca, y en una de las dependencias se había encontrado mucha arena y cemento, de modo que todos los materiales para la construcción estaban a mano. Pero el problema que los animales no pudieron resolver al principio fue cómo romper la piedra en pedazos del tamaño adecuado. Parecía que no había manera de hacer esto excepto con picos y palancas, que ningún animal podía usar, porque ningún animal podía pararse sobre sus patas traseras. Sólo después de semanas de vanos esfuerzos se le ocurrió a alguien la idea correcta: utilizar la fuerza de gravedad. Enormes rocas, demasiado grandes para ser utilizadas como estaban, yacían por todo el lecho de la cantera. Los animales ataron cuerdas alrededor de ellos, y luego todos juntos, vacas, caballos, ovejas, cualquier animal que pudiera agarrar la cuerda, incluso los cerdos a veces se unían a ellos en momentos críticos, los arrastraban con desesperada lentitud cuesta arriba hasta la cima de la montaña, donde eran arrojadas por el borde, para romperse en pedazos abajo. Transportar la piedra una vez rota fue comparativamente sencillo. Los caballos la llevaron en carretas, las ovejas arrastraron bloques individuales, incluso Muriel y Benjamín se hicieron cargo de una vieja carreta para hacer su parte. A finales del verano, se había acumulado una reserva suficiente de piedra, y luego comenzó la construcción bajo la supervisión de los cerdos.

Pero fue un proceso lento y laborioso. Con frecuencia se necesitaba un día entero de esfuerzo extenuante para arrastrar una sola piedra hasta la parte superior de la cantera y, a veces, cuando se la empujaba por el borde, no se rompía. Nada podría haberse logrado sin Boxer, cuya fuerza parecía igual a la de todos los demás animales juntos. Cuando la roca comenzaba a resbalar y los animales gritaban desesperados al verse arrastrados colina abajo, siempre era Boxer quien se esforzaba contra la cuerda y detenía la roca. Verlo subiendo penosamente la pendiente centímetro a centímetro, su respiración acelerada, las puntas de sus cascos arañando el suelo y sus grandes costados cubiertos de sudor, llenó a todos de admiración. Clover le advirtió que a veces debería tener cuidado de no esforzarse demasiado, pero Boxer nunca escuchaba. Sus dos lemas, «Trabajaré más duro» y «Napoleón siempre tiene razón», le parecían una respuesta suficiente a todos los problemas. Había hecho arreglos con el gallo para que lo llamara tres cuartos de hora antes por las mañanas en lugar de media hora. Y en sus ratos libres, que ahora no abundaban, iba solo a la cantera a recoger piedra rota y arrastrarla hasta el sitio del molino de viento sin ayuda.

Los animales no estuvieron mal durante todo ese verano, a pesar de la dureza de su trabajo. Si no tenían más comida de la que tenían en los días de Jones, al menos no tenían menos. La ventaja de sólo tener que alimentarse a sí mismos, y no tener que mantener a cinco seres humanos extravagantes también, era tan grande que se habrían necesitado muchos fracasos para superarla. Y en muchos sentidos, el método animal de hacer las cosas era más eficiente y ahorraba mano de obra. Trabajos como desmalezar, por ejemplo, podrían hacerse con una minuciosidad imposible para los seres humanos. Y nuevamente, dado que ahora ningún animal robaba, no era necesario cercar los pastos de las tierras de cultivo, lo que ahorraba mucho trabajo en el mantenimiento de setos y puertas. Sin embargo, a medida que avanzaba el verano, comenzaron a hacerse sentir varias carencias imprevistas. Había necesidad de aceite de parafina, clavos, cuerdas, galletas para perros y hierro para las herraduras de los caballos, nada de lo cual podría producirse en la granja. Más tarde también habría necesidad de semillas y abonos artificiales, además de diversas herramientas y, finalmente, la maquinaria para el molino de viento. Cómo se obtendrían estos, nadie era capaz de imaginar.

Un domingo por la mañana, cuando los animales se reunieron para recibir sus órdenes, Napoleón anunció que había decidido una nueva política. De ahora en adelante, Granja Animal se dedicaría al comercio con las granjas vecinas; no, por supuesto, con ningún propósito comercial, sino simplemente para obtener ciertos materiales que se necesitaban con urgencia. Las necesidades del molino de viento deben prevalecer sobre todo lo demás, dijo. Por lo tanto, estaba haciendo arreglos para vender una pila de heno y parte de la cosecha de trigo del año en curso, y más tarde, si se necesitaba más dinero, tendría que ser compensado con la venta de huevos, para los cuales siempre había un mercado en Willingdon. Las gallinas, dijo Napoleón, deberían dar la bienvenida a este sacrificio como su propia contribución especial hacia la construcción del molino de viento.

Una vez más los animales fueron conscientes de una vaga inquietud. Nunca tener trato con seres humanos, nunca involucrarse en el comercio, nunca hacer uso del dinero: ¿no habían sido estas algunas de las primeras resoluciones aprobadas en esa primera Reunión triunfal después de que Jones fuera expulsado? Todos los animales recordaron haber repasado tales resoluciones, o al menos pensaron que lo recordaban. Los cuatro cerditos que habían protestado cuando Napoleón abolió las Reuniones alzaron tímidamente la voz, pero pronto fueron silenciados por un tremendo gruñido de los perros. Luego, como de costumbre, la oveja rompió en «¡Cuatro patas bien, dos patas mal!», y la incomodidad momentánea se suavizó. Finalmente, Napoleón levantó la mano pidiendo silencio y anunció que ya había hecho todos los arreglos. No habría necesidad de que ninguno de los animales entrara en contacto con seres humanos, lo que claramente sería muy indeseable. Tenía la intención de tomar toda la carga sobre sus propios hombros. Un señor Whymper, un abogado que vivía en Willingdon, había accedido a actuar como intermediario entre Granja Animal y el mundo exterior, y visitaría la granja todos los lunes por la mañana para recibir sus instrucciones. Napoleón terminó su discurso con su habitual grito de «¡Viva Granja Animal!», y después del canto de 'Bestias de Inglaterra' los animales fueron despedidos.

Luego, Squealer dio una vuelta por la granja y tranquilizó las mentes de los animales. Les aseguró que la resolución contra el comercio y el uso del dinero nunca se había aprobado, ni siquiera sugerido. Era pura imaginación, probablemente atribuible al principio a las mentiras que esparcía Bola de Nieve. Algunos animales todavía tenían dudas, pero Squealer les preguntó astutamente: «¿Están seguros de que esto no es algo que han soñado, camaradas? ¿Tienen algún registro de tal resolución? ¿Está escrito en alguna parte?». Y como era ciertamente verdadero que nada de eso existía por escrito, los animales estaban satisfechos con la idea que se habían equivocado.

Todos los lunes, el señor Whymper visitaba la granja como se había acordado. Era un hombrecillo de aspecto astuto con patillas, un abogado poco instruido en hacer negocios, pero lo suficientemente inteligente como para haberse dado cuenta antes que nadie de que Granja Animal necesitaría un corredor y que las comisiones valdrían la pena. Los animales observaban su ir y venir con una especie de pavor y lo evitaban tanto como les era posible. Sin embargo, la visión de Napoleón, a cuatro patas, dando órdenes a Whymper, que estaba de pie sobre dos piernas, despertó su orgullo y en parte los reconcilió con el nuevo arreglo. Sus relaciones con la raza humana ya no eran las mismas que antes. Los seres humanos no odiaban menos a Granja Animal ahora que prosperaba; es más, la odiaban más que nunca. Todo ser humano tenía por artículo de fe que la granja tarde o temprano quebraría y, sobre todo, que el molino de viento sería un fracaso. Se reunían en las tabernas y se demostraban unos a otros por medio de diagramas que el molino de viento estaba destinado a caerse, o que si se ponía de pie, nunca funcionaría. Y sin embargo, en contra de su voluntad, habían desarrollado un cierto respeto por la eficiencia con la que los animales manejaban sus propios asuntos. Un síntoma de esto fue que habían comenzado a llamar a Granja Animal por su nombre propio y dejaron de fingir que se llamaba Granja Manor. También habían abandonado a Jones, que había perdido la esperanza de recuperar su granja y se había ido a vivir a otra parte del condado. Excepto por Whymper, todavía no había contacto entre Granja Animal y el mundo exterior, pero había rumores constantes de que Napoleón estaba a punto de entrar en un acuerdo comercial definitivo con el señor Pilkington de

Foxwood o con el señor Frederick de Pinchfield, pero nunca se firmó.

Fue entonces cuando los cerdos se mudaron repentinamente a la casa y establecieron allí su residencia. Una vez más, los animales parecieron recordar que se había aprobado una resolución en contra de esto en los primeros días, y nuevamente Squealer pudo convencerlos de que no era así. Era absolutamente necesario, dijo, que los cerdos, que eran el cerebro de la granja, tuvieran un lugar tranquilo para trabajar. El título de «Líderes» era suficiente para vivir en una casa y no en mera pocilga. Sin embargo, algunos de los animales se inquietaron al oír que los cerdos no sólo comían en la cocina y usaban el salón como sala de recreo, sino que también dormían en las camas. Boxer lo hizo pasar como de costumbre con «¡Napoleón siempre tiene razón!», pero Clover, que creía recordar una regla definitiva contra las camas, fue hasta el final del granero y trató de descifrar los Siete Mandamientos que estaban inscritos allí. Al verse incapaz de leer más que letras individuales, buscó a Muriel.

—Muriel —dijo—, léeme el cuarto mandamiento. ¿No dice algo sobre nunca dormir en una cama?

Con cierta dificultad, Muriel lo deletreó.

—Dice: «Ningún animal dormirá en una cama… con sábanas» —anunció finalmente.

Curiosamente, Clover no recordaba que el cuarto mandamiento mencionara sábanas, pero como estaba allí en la pared, debía ser así. Y Squealer, que casualmente pasaba en ese momento por allí, acompañado por dos o tres perros, pudo poner todo el asunto en su justa perspectiva.

—¿Habéis oído entonces, camaradas —dijo—, que ahora los cerdos dormimos en las camas de la granja? ¿Y por qué no? Dormir sobre un montón de paja en un establo se puede considerar una cama en toda regla. El mandamiento era contra las sábanas, que son un invento humano. Hemos quitado las sábanas de las camas de la granja, y dormimos entre mantas. Les puedo decir, camaradas que con todo el trabajo mental que tenemos que hacer hoy en día, no estamos todo lo cómodos que necesitamos. ¿No nos robarían el reposo, verdad, camaradas? ¿No nos tendrían demasiado cansados para cumplir con nuestros deberes? Seguramente ninguno de ustedes desea ver a Jones de regreso.

Los animales lo tranquilizaron inmediatamente sobre este punto, y no se dijo más acerca de los cerdos que dormían en las camas. Y cuando, algunos días después, se anunció que en adelante los cerdos se levantarían una hora más tarde que los demás animales, tampoco hubo queja alguna.

Para el otoño los animales estaban cansados pero felices. Habían tenido un año duro, y tras la venta de parte del heno y el maíz, las provisiones de alimentos para el invierno no eran demasiado abundantes, pero el molino de viento lo compensaba todo. Ahora estaba casi a medio construir. Después de la cosecha hubo un período de tiempo claro y seco, y los animales trabajaron más duro que nunca, pensando que valía la pena andar de un lado a otro todo en el día con bloques de piedra si al hacerlo podían levantar las paredes otro pie. Boxer incluso saldría por las noches y trabajaría sólo durante una o dos horas a la luz de la luna en la cosecha. En sus ratos libres, los animales daban vueltas y vueltas alrededor del molino a medio terminar, admirando la fuerza y la perpendicularidad de sus paredes y maravillándose de que alguna vez hubieran podido construir algo tan imponente. Sólo el viejo Benjamín se negaba a entusiasmarse con el molino de viento, aunque, como de costumbre, no decía nada más que la críptica observación de que los burros viven mucho tiempo.

Llegó noviembre, con vientos furiosos del suroeste. La construcción tuvo que detenerse porque ahora estaba demasiado húmedo para mezclar el cemento. Finalmente llegó una noche en que el vendaval fue tan violento que los edificios de la granja se balancearon sobre sus cimientos y varias tejas se volaron del techo del granero. Las gallinas se despertaron graznando de terror porque todas habían soñado simultáneamente con escuchar un disparo a lo lejos. Por la mañana, los animales salieron de sus establos y encontraron que el asta de la bandera había sido derribada y un olmo al pie del huerto había sido arrancado como un rábano. Acababan de darse cuenta de esto cuando un grito de desesperación brotó de las gargantas de todos los animales. Una terrible vista se había encontrado con sus ojos. El molino de viento estaba en ruinas.

De común acuerdo se precipitaron hacia el lugar. Napoleón, que rara vez hacía algo más que caminar, corría delante de todos ellos. Sí, allí estaba, el fruto de todas sus luchas, arrasado hasta los cimientos; las piedras que habían roto y transportado tan laboriosamente esparcidas por todas partes. Incapaces de hablar al principio, se quedaron mirando tristemente la pila de piedras caídas. Napoleón se paseaba de un lado a otro en silencio, olfateando el suelo de vez en cuando. Su cola se había puesto rígida y se movía bruscamente de un lado a otro, un signo en él de una intensa actividad mental. De repente se detuvo como si su mente hubiera tomado una decisión.

—Camaradas —dijo en voz baja—, ¿saben quién es el responsable de esto? ¿Conocen al enemigo que vino en la noche y derribó nuestro molino de viento? ¡BOLA DE NIEVE! —rugió de repente con voz de trueno—. ¡Bola de Nieve ha hecho esto! Con pura malignidad, pensando en hacer retroceder nuestros planes y vengarse de su innombrable expulsión, este traidor se ha deslizado hasta aquí al amparo de la noche y ha destruido nuestro trabajo de casi un año. Camaradas, aquí y ahora pronuncio la sentencia de muerte sobre Bola de Nieve. «Héroe animal de segunda clase» y medio barril de manzanas para cualquier animal que lo lleve ante la justicia. ¡Un barril completo para cualquiera que lo capture vivo!

Los animales se sorprendieron más allá de toda medida al saber que incluso Bola de Nieve podría ser culpable de tal acción. Hubo un grito de indignación y todos comenzaron a pensar en formas de atrapar a Bola de Nieve si alguna vez regresaba. Casi de inmediato se descubrieron las huellas de un cerdo en la hierba a poca distancia del montículo. Sólo podían rastrearse unos pocos metros, pero parecían conducir a un agujero en el seto. Napoleón los olfateó profundamente y pronunció que eran de Bola de Nieve. Dio como su opinión que Bola de Nieve probablemente había venido desde la dirección de la granja Foxwood.

—¡No más demoras, camaradas! —gritó Napoleón cuando las huellas habían sido examinadas—. Hay trabajo por hacer. Esta misma mañana comenzaremos a reconstruir el molino de viento, y lo construiremos durante todo el invierno, llueva o truene. Le enseñaremos a este miserable traidor que no puede deshacer nuestro trabajo tan fácilmente. Recuerden, camaradas, que no se alteren nuestros planes: se llevarán a cabo. ¡Adelante, camaradas! ¡Viva el molino de viento! ¡Viva Granja Animal!

Capítulo 7

Fue un invierno amargo. El tiempo tormentoso fue seguido por aguanieve y nieve, y luego por una fuerte helada que no se rompió hasta bien entrado febrero. Los animales continuaron como pudieron con la reconstrucción del molino, sabiendo muy bien que el mundo exterior los observaba y que los envidiosos seres humanos se regocijarían y triunfarían si el molino no se terminaba a tiempo.

Por despecho, los seres humanos fingieron no creer que fuera Bola de Nieve quien hubiera destruido el molino de viento: decían que se había caído porque las paredes eran demasiado delgadas. Los animales sabían que ese no era el caso. Aun así, se había decidido construir muros de tres pies de espesor esta vez en lugar de cuarenta y cinco pulgadas como antes, lo que significaba recolectar cantidades mucho mayores de piedra. Durante mucho tiempo la cantera estuvo llena de hielo y no se podía hacer nada. Se hicieron algunos progresos en el clima seco y helado que siguió, pero fue un trabajo cruel, y los animales no podían sentirse tan esperanzados como antes. Siempre tenían frío y, por lo general, también hambre. Sólo Boxer y Clover nunca se desanimaron. Squealer hizo excelentes discursos sobre la alegría del servicio y la dignidad del trabajo, pero los otros animales encontraron más inspiración en la fuerza de Boxer y su grito infalible de «¡Trabajaré más duro!».

En enero la comida se quedó corta. La ración de maíz se redujo drásticamente y se anunció que se entregaría una ración extra de patatas para compensar. Entonces se descubrió que la mayor parte de la cosecha de patatas se había congelado, pues no se habían cubierto con la suficiente espesura. Las patatas se habían vuelto blandas y descoloridas, y sólo unas pocas eran comestibles. Durante días los animales no tenían nada para comer excepto paja y sobras. El hambre parecía mirarlos a la cara.

Era vitalmente necesario ocultar este hecho al mundo exterior. Envalentonados por el colapso del molino de viento, los seres humanos estaban inventando nuevas mentiras sobre Granja Animal. Una vez más se decía que todos los animales estaban muriendo de hambre y enfermedades, y que continuamente peleaban entre ellos y habían recurrido al canibalismo y al infanticidio. Napoleón era muy consciente de los malos resultados que podrían producirse si se conocían los hechos reales de la situación alimentaria, y decidió hacer uso del señor Whymper para difundir una impresión contraria. Hasta entonces, los animales habían tenido poco o ningún contacto con Whymper en sus visitas semanales; ahora, sin embargo, se instruyó a unos pocos animales seleccionados, en su mayoría ovejas, para que comentaran casualmente a sus oídos que las raciones habían aumentado. Además, Napoleón ordenó que los contenedores casi vacíos del cobertizo se llenaran casi hasta el borde con arena, que luego se cubrió con lo que quedaba del grano y la harina. Con algún pretexto adecuado, Whymper fue conducido a través del cobertizo de la tienda y se le permitió echar un vistazo a los contenedores. Fue engañado y continuó informando al mundo exterior que no había escasez de alimentos en Granja Animal.

Sin embargo, hacia finales de enero se hizo evidente que sería necesario conseguir más grano de alguna parte. En esos días, Napoleón rara vez aparecía en público, sino que pasaba todo el tiempo en la casa de la granja, que estaba custodiada en cada puerta por perros de aspecto feroz. Cuando salió, fue de manera ceremonial, con una escolta de seis perros que lo rodeaban de cerca y gruñían si alguien se acercaba demasiado. Con frecuencia, ni siquiera aparecía los domingos por la mañana, sino que daba sus órdenes por medio de uno de los otros cerdos, generalmente Squealer.

Un domingo por la mañana, Squealer anunció que las gallinas, que acababan de volver a poner huevos, debían entregar sus huevos. Napoleón había aceptado, a través de Whymper, un contrato de cuatrocientos huevos a la semana. El precio de estos pagaría suficiente grano y harina para mantener la granja en funcionamiento hasta que llegara el verano y las condiciones fueran más fáciles.

Cuando las gallinas oyeron esto, dieron un grito terrible. Les habían advertido antes que este sacrificio podría ser necesario, pero no habían creído que realmente sucedería.

Estaban preparando las nidadas para la sesión de primavera y protestaron diciendo que quitarles los huevos ahora era un asesinato. Por primera vez desde la expulsión de Jones, hubo algo parecido a una rebelión. Dirigidas por tres pollitas jóvenes, las gallinas hicieron un esfuerzo decidido por frustrar los deseos de Napoleón. Su método consistía en volar hasta las vigas y allí poner sus huevos, que se rompieron en pedazos en el suelo. Napoleón actuó con rapidez y sin piedad. Ordenó que se detuvieran las raciones de las gallinas y decretó que cualquier animal que diera incluso un grano de maíz a una gallina sería castigado con la muerte. Los perros se encargaron de que estas órdenes se cumplieran. Durante cinco días, las gallinas resistieron, luego capitularon y regresaron a sus nidales. Nueve gallinas habían muerto mientras tanto. Sus cuerpos fueron enterrados en la huerta y se dio a conocer que habían muerto de gallinosis. Whymper no supo nada de este asunto, y los huevos fueron debidamente entregados; la furgoneta de un tendero llegaba a la granja una vez por semana para llevárselos.

Durante todo este tiempo, no se había vuelto a ver a Bola de Nieve. Se rumoreaba que se escondía en una de las granjas vecinas, Foxwood o Pinchfield. Napoleón estaba en ese momento en mejores términos con los otros granjeros que antes. Sucedió que había en el patio un montón de madera que había sido apilada allí diez años antes cuando se desmontó un bosque. Estaba bien curada y Whymper había aconsejado a Napoleón que la vendiera; tanto el señor Pilkington como el señor Frederick estaban ansiosos por comprarla. Napoleón era incapaz de decidirse. Se notó que cada vez que parecía a punto de llegar a un acuerdo con

Frederick, se declaraba que Bola de Nieve estaba escondido en Foxwood, mientras que cuando se inclinaba hacia Pilkington, se decía que Bola de Nieve estaba en Pinchfield.

De repente, a principios de la primavera, se descubrió algo alarmante. ¡Bola de Nieve frecuentaba la granja en secreto por la noche! Los animales estaban tan perturbados que apenas podían dormir en sus establos. Todas las noches, se decía, entraba sigilosamente al amparo de la oscuridad y realizaba toda clase de travesuras. Robó el maíz, volcó los baldes de leche, rompió los huevos, pisoteó los semilleros, royó la corteza de los árboles frutales. Cada vez que algo salía mal, se acostumbraba a atribuirlo a Bola de Nieve. Si se rompía una ventana o se obstruía un desagüe, era seguro que alguien diría que Bola de Nieve había llegado de noche y lo había hecho, y cuando se perdió la llave del cobertizo, toda la granja estaba convencida de que Bola de Nieve la había tirado al pozo. Curiosamente, siguieron creyendo esto incluso después de que se encontrara la llave extraviada debajo de un saco de harina. Las vacas declararon unánimemente que Bola de Nieve se había metido en sus establos y las había ordeñado mientras dormían. También se decía que las ratas, que habían sido problemáticas ese invierno, estaban aliadas con Bola de Nieve.

Napoleón decretó que debería haber una investigación completa sobre las actividades de Bola de Nieve. Acompañado de sus perros, partió e hizo un cuidadoso recorrido de inspección de los edificios de la granja, mientras los otros animales lo seguían a una distancia respetuosa. Cada pocos pasos, Napoleón se detenía y olfateaba el suelo en busca de rastros de los pasos de Bola de Nieve, que, según dijo, podía detectar por el olor. Olfateó en todos los rincones, en el establo, en los gallineros, en la huerta, y encontró rastros de Bola de Nieve en casi todas partes. Ponía el hocico en el suelo, olfateaba varias veces y exclamaba con voz terrible: «¡Bola de Nieve! ¡Ha estado aquí! ¡Lo puedo oler claramente!», y al oír las palabras «Bola de Nieve», todos los perros emitían gruñidos espeluznantes y mostraban los colmillos.

Los animales estaban completamente asustados. Les parecía que Bola de Nieve era una especie de influencia invisible que impregnaba el aire a su alrededor y los amenazaba con todo tipo de peligros. Por la noche, Squealer los reunió y, con una expresión de alarma en el rostro, les dijo que tenía noticias serias que informar.

—¡Camaradas! —exclamó Squealer, dando saltitos nerviosos—. Se ha descubierto una cosa terrible. Bola de Nieve se ha vendido a Frederick de la granja Pinchfield, ¡quien incluso ahora está conspirando para atacarnos y quitarnos nuestra granja! Bola de Nieve actuará como su guía cuando el ataque comience. Pero hay algo peor que eso. Habíamos pensado que la rebelión de Bola de Nieve fue causada simplemente por su vanidad y ambición. Pero estábamos equivocados, camaradas. ¿Saben cuál fue la verdadera razón? ¡Bola de Nieve estuvo aliado con Jones desde el principio! Fue el agente secreto de Jones todo el tiempo. Todo ha sido probado por los documentos que dejó tras de sí y que acabamos de descubrir. En mi opinión, esto explica mucho, camaradas. ¿No vimos por nosotros mismos cómo intentó, afortunadamente sin éxito, hacernos perder en la Batalla del Establo?

Los animales estaban estupefactos. Esta era una maldad que superaba con creces la destrucción del molino de viento por Bola de Nieve. Pero pasaron algunos minutos antes de que pudieran asimilarlo completamente. Todos recordaron, o creyeron recordar, cómo habían visto a Bola de Nieve cargando delante de ellos en la Batalla del Establo, cómo los había animado y alentado en todo momento, y cómo no se había detenido ni por un instante, incluso cuando los perdigones del arma de Jones le habían herido la espalda. Al principio fue un poco difícil ver cómo encajaba esto con el hecho de que él estaba del lado de Jones. Incluso Boxer, que rara vez hacía preguntas, estaba perplejo. Se acostó, metió sus patas delanteras debajo de él, cerró los ojos y con un gran esfuerzo logró formular sus pensamientos.

—No creo eso —dijo—. Bola de Nieve luchó valientemente en la Batalla del Establo. Yo mismo lo vi. ¿No le dimos «Héroe animal, primera clase» inmediatamente después?

—Ese fue nuestro error, camarada. Porque ahora sabemos, está todo escrito en los documentos secretos que hemos encontrado, que en realidad estaba tratando de llevarnos a nuestra perdición.

—Pero estaba herido —dijo Boxer—. Todos lo vimos correr con sangre.

—¡Eso era parte del arreglo! —gritó Squealer—. El disparo de Jones sólo lo rozó. Podría mostrarles los documentos escritos con su propia pata, si pudieran leerlos. El complot era que Bola de Nieve, en el momento crítico, diera la señal para huir y dejar el campo al enemigo. Y casi lo logró, incluso diré, camaradas, que LO HABRÍA logrado si no hubiera sido por nuestro heroico líder, el camarada Napoleón. ¿No recuerdan cómo, justo en el momento en que Jones y sus hombres habían entrado en el patio, Bola de Nieve de repente dio media vuelta y huyó, y muchos animales lo siguieron? ¿Y no recuerdan, también, que fue precisamente en ese momento, cuando el pánico cundía y todo parecía perdido, cuando el camarada Napoleón saltó hacia adelante con un grito de «¡Muerte a la humanidad!», y le clavó los dientes en la pierna a Jones? Seguramente lo recuerdan, camaradas —exclamó Squealer, retozando de un lado a otro.

Ahora que Squealer describía la escena tan gráficamente, a los animales les pareció que la recordaban. De todos modos, recordaron que en el momento crítico de la batalla, Bola de Nieve se había dado la vuelta para huir. Pero Boxer todavía estaba un poco inquieto.

—No creo que Bola de Nieve haya sido un traidor al principio —dijo finalmente—. Lo que ha hecho desde entonces es diferente. Pero creo que en la Batalla del Establo fue un buen camarada.

—Nuestro líder, el camarada Napoleón —anunció Squealer, hablando muy despacio y con firmeza— ha declarado categóricamente, categóricamente, camarada, que

Bola de Nieve fue el agente de Jones desde el principio, sí, y desde mucho antes de que se pensara en la Rebelión.

—¡Ah, eso es diferente! —dijo Boxer—. Si el camarada Napoleón lo dice, debe tener razón.

—¡Ese es el verdadero espíritu, camarada! —gritó Squealer, pero se notó que le lanzó una mirada muy fea a Boxer con sus ojitos centelleantes. Se dio la vuelta para irse, luego hizo una pausa y agregó de manera impresionante—: Advierto a todos los animales de esta granja que mantengan los ojos bien abiertos. ¡Porque tenemos razones para pensar que algunos de los agentes secretos de Bola de Nieve están al acecho entre nosotros en este momento!

Cuatro días después, a última hora de la tarde, Napoleón ordenó que todos los animales se reunieran en el patio. Cuando estuvieron todos reunidos, Napoleón salió de la granja, luciendo sus dos medallas (porque recientemente se había premiado a sí mismo como «Héroe animal, primera clase» y «Héroe animal, segunda clase»), con sus nueve perros enormes a su alrededor, dando gruñidos que daban escalofríos a todos los animales. Todos se encogieron en silencio en sus lugares, pareciendo saber de antemano que algo terrible estaba a punto de suceder.

Napoleón se quedó mirando severamente a su audiencia; luego profirió un gemido agudo. Inmediatamente, los perros saltaron hacia adelante, agarraron a cuatro de los cerdos por las orejas y los arrastraron, chillando de dolor y terror, hasta los pies de Napoleón. Las orejas de los cerdos sangraban, los perros habían probado la sangre y por unos momentos parecieron enloquecer. Para asombro de todos, tres de ellos se arrojaron sobre Boxer. Boxer los vio venir y sacó su gran casco, atrapó a un perro en el aire y lo inmovilizó contra el suelo. El perro chilló pidiendo misericordia y los otros dos huyeron con el rabo entre las piernas. Boxer miró a Napoleón para saber si debía aplastar al perro o dejarlo ir. Napoleón pareció cambiar de semblante y le ordenó bruscamente a Boxer que soltara al perro, a lo que Boxer levantó el casco y el perro se escabulló, magullado y aullando.

En ese momento el tumulto se calmó. Los cuatro cerdos esperaban, temblando, con la culpa escrita en cada línea de sus semblantes. Napoleón los llamó a confesar sus crímenes. Eran los mismos cuatro cerdos que habían protestado cuando Napoleón abolió las Reuniones Dominicales. Sin más insinuaciones, confesaron que habían estado en contacto secreto con Bola de Nieve desde su expulsión, que habían colaborado con él en la destrucción del molino de viento y que habían llegado a un acuerdo con él para entregar Granja Animal al señor Frederick. Agregaron que Bola de Nieve les había admitido en privado que había sido el agente secreto de Jones durante años. Cuando terminaron su confesión, los perros rápidamente les desgarraron las gargantas y Napoleón preguntó con una voz terrible si algún otro animal tenía algo que confesar.

Las tres gallinas que habían sido las cabecillas del intento de rebelión por los huevos se adelantaron y declararon que Bola de Nieve se les había aparecido en un sueño y las había incitado a desobedecer las órdenes de

Napoleón. Ellas también fueron masacradas. Entonces se adelantó un ganso y confesó haber escondido seis mazorcas de maíz durante la cosecha del año pasado y haberlas comido durante la noche. Entonces una oveja confesó haber orinado en el bebedero —incitada a hacerlo, según dijo, por Bola de Nieve— y otras dos ovejas confesaron haber asesinado a un viejo carnero, seguidor especialmente devoto de Napoleón, persiguiéndolo, dando vueltas y vueltas alrededor de una hoguera cuando sufría de tos. Todos fueron asesinados en el acto. Y así prosiguió la historia de confesiones y ejecuciones hasta que hubo una pila de cadáveres a los pies de Napoleón y el aire se llenó del olor a sangre, que no se conocía allí desde la expulsión de Jones.

Cuando todo terminó, los animales restantes, a excepción de los cerdos y los perros, se alejaron en un solo cuerpo. Estaban conmocionados y miserables. No sabían qué era más impactante, si la traición de los animales que se habían aliado con Bola de Nieve o la cruel retribución que acababan de presenciar. En los viejos tiempos había habido a menudo escenas de derramamiento de sangre igualmente terribles, pero a todos les parecía que era mucho peor ahora que estaba ocurriendo entre ellos. Desde que Jones se fue de la granja, hasta hoy, ningún animal había matado a otro animal. Ni siquiera una rata había sido asesinada. Habían llegado al pequeño montículo donde se encontraba el molino de viento a medio terminar, y todos se acostaron de común acuerdo como si se acurrucaran para calentarse: Clover, Muriel, Benjamín, las vacas, las ovejas y toda una bandada de gansos y gallinas, todos, en efecto, excepto la gata, que había desaparecido repentinamente justo antes de que Napoleón ordenara que los animales se reunieran. Durante algún tiempo nadie habló. Sólo Boxer permaneció de pie. Se movía de un lado a otro, balanceando su larga cola negra contra sus costados y ocasionalmente emitiendo un pequeño relincho de sorpresa. Finalmente dijo: «No lo entiendo. No hubiera creído que en nuestra finca pudieran pasar cosas así. Debe ser por alguna falla nuestra. La solución, como yo lo veo, es trabajar más. De ahora en adelante me levantaré una hora entera más temprano en las mañanas».

Y se alejó con su trote pesado y se dirigió a la cantera. Una vez allí, recogió dos cargas sucesivas de piedra y las arrastró hasta el molino de viento antes de retirarse a dormir.

Los animales se apiñaron alrededor de Clover, sin hablar. El montículo donde yacían les daba una amplia perspectiva del campo. La mayor parte de Granja Animal estaba a la vista: los extensos pastos que se extendían hasta la carretera principal, el campo de heno, la higuera, el estanque para beber, los campos arados donde el trigo joven era espeso y verde, y los techos rojos de los edificios de la granja con el humo saliendo de las chimeneas. Era una clara tarde de primavera. La hierba y los setos reventados estaban dorados por los rayos del sol. Nunca la granja —y con una especie de sorpresa recordaron que era su propia granja, cada centímetro de ella propiedad suya— les había parecido a los animales un lugar tan deseable. Mientras Clover miraba hacia la ladera, sus ojos se llenaron de lágrimas. Si hubiera podido expresar sus pensamientos, habría sido para decir que esto no era lo que habían pretendido cuando se pusieron a trabajar hace años para derrocar a la raza humana. Estas escenas de terror y matanza no era lo que habían esperado la noche en que el viejo Mayor los incitó por primera vez a la rebelión. Si ella misma hubiera tenido alguna imagen del futuro, habría sido la de una sociedad de animales liberados del hambre y el látigo, todos iguales, cada uno trabajando según su capacidad, el fuerte protegiendo al débil, como ella había protegido a la cría perdida de patitos con su pata delantera en la noche del discurso de Mayor. En cambio, no sabía por qué, habían llegado a un momento en el que nadie se atrevía a decir lo que pensaba, en el que perros feroces y gruñendo deambulaban por todas partes y en el que tenían que ver a sus camaradas destrozados después de confesar crímenes espantosos. No había ningún pensamiento de rebelión o desobediencia en su mente. Sabía que, tal como estaban las cosas, estaban mucho mejor de lo que habían estado en los días de Jones, y que antes que todo lo demás era necesario evitar el regreso de los seres humanos. Aceptar las órdenes y el liderazgo de Napoleón. Pero, aun así, no era por esto por lo que ella y todos los demás animales habían esperado y trabajado. No era por eso que habían construido el molino de viento y habían enfrentado las balas del arma de Jones. Tales eran sus pensamientos, aunque le faltaban las palabras para expresarlos.

Finalmente, sintiendo que esto era de alguna manera un sustituto de las palabras que no podía encontrar, comenzó a cantar 'Bestias de Inglaterra'. Los otros animales sentados a su alrededor la siguieron y la cantaron tres veces, con mucha melodía, pero lenta y tristemente, como nunca la habían cantado.

Acababan de terminar de cantarla por tercera vez cuando Squealer, acompañado por dos perros, se les acercó con aire de tener algo importante que decir. Anunció que, por un decreto especial del camarada Napoleón, 'Bestias de Inglaterra' había sido abolida. De ahora en adelante estaba prohibido cantarla.

Los animales quedaron desconcertados.

—¿Por qué? —gritó Muriel.

—Ya no es necesario, camarada —dijo Squealer con rigidez—. 'Bestias de Inglaterra' fue la canción de la Rebelión. Pero la Rebelión ahora está completa. La ejecución de los traidores esta tarde fue el acto final. El enemigo, tanto externo como interno, ha sido derrotado. En 'Bestias de Inglaterra' expresamos nuestro anhelo por una sociedad mejor en los días venideros. Pero esa sociedad ya se ha establecido. Claramente, esa canción ya no tiene ningún propósito.

Aunque estaban asustados, algunos de los animales posiblemente protestaron, pero en ese momento las ovejas comenzaron su habitual balido de «Cuatro patas bien, dos patas mal», que se prolongó durante varios minutos y puso fin a la discusión. Así que 'Bestias de Inglaterra' no se escuchó más. En su lugar, Mínimus, el poeta, había compuesto otra canción que comenzaba:

Granja Animal, Granja Animal,
¡de mí nunca saldrá ningún mal!

Y esto se cantaba todos los domingos por la mañana después de izar la bandera. Pero de alguna manera, ni las palabras ni la melodía les parecía a los animales estar a la altura de 'Bestias de Inglaterra'.

Capítulo 8

Unos días después, cuando el terror causado por las ejecuciones se había calmado, algunos de los animales recordaron, o creyeron recordar, que el sexto mandamiento decretaba: «Ningún animal matará a otro animal». Y aunque nadie se preocupó de mencionarlo a oídos de los cerdos o los perros, se sintió que las matanzas que habían tenido lugar no concordaban con esto. Clover le pidió a Benjamín que le leyera el sexto mandamiento; cuando Benjamín, como de costumbre, dijo que él se negaba a entrometerse en esos asuntos, ella fue a buscar a Muriel. Muriel le leyó el mandamiento. Decía: «Ningún animal matará a ningún otro animal… SIN CAUSA». De una forma u otra, las dos últimas palabras se habían escapado de la memoria de los animales. Pero ahora vieron que el mandamiento no había sido violado, porque claramente había una buena razón para matar a los traidores que se habían aliado con Bola de Nieve.

A lo largo del año, los animales trabajaron incluso más duro que el año anterior. Reconstruir el molino de viento, con paredes dos veces más gruesas que antes, y terminarlo en la fecha señalada, junto con el trabajo regular de la finca, fue una labor tremenda. Hubo momentos en que a los animales les parecía que trabajaban más horas y no se alimentaban mejor que en los días de Jones. Los domingos por la mañana, Squealer, sujetando una larga tira de papel con la mano, les leía listas de cifras que demostraban que la producción de cada clase de alimentos había aumentado en un doscientos, un trescientos o un quinientos por ciento, según fuera el caso. Los animales no vieron ninguna razón para no creerle, especialmente porque ya no podían recordar muy claramente cómo habían sido las condiciones antes de la Rebelión. De todos modos, hubo días en que sintieron que antes habrían tenido menos figuras y más comida.

Todas las órdenes se emitían ahora por medio de Squealer o de uno de los otros cerdos. El propio Napoleón no era visto en público tan a menudo, algo así como cada quince días. Cuando aparecía, era asistido no sólo por su séquito de perros, sino también por un gallo negro que marchaba delante de él y actuaba como una especie de trompetista, dejando escapar un fuerte «quiquiriquí» antes de que Napoleón hablara. Incluso en la granja, se decía, Napoleón habitaba apartamentos separados de los otros. Tomaba sus comidas solo, con dos perros para atenderlo, y siempre comía del servicio de cena Crown Derby que había estado en la vitrina de cristal en el salón. También se anunció que el arma sería disparada cada año en el cumpleaños de Napoleón, así como en los otros dos aniversarios.

Ahora nunca se hablaba de Napoleón simplemente como Napoleón. Siempre se le refería formalmente como «nuestro líder, el camarada Napoleón», y a estos cerdos les gustaba inventar para él títulos como Padre de todos los animales, Terror de la humanidad, Protector del redil, Amigo de los patitos y similares. En sus discursos, Squealer hablaba con las lágrimas rodando por sus mejillas sobre la sabiduría de Napoleón, la bondad de su corazón y el profundo amor que sentía por todos los animales en todas partes, incluso y especialmente por los infelices animales que aún vivían en la ignorancia y la esclavitud en otras granjas. Se había vuelto habitual atribuir a Napoleón el crédito por cada logro exitoso y cada golpe de buena fortuna. A menudo se escuchaba a una gallina comentarle a otra: «Bajo la guía de nuestro líder, el camarada Napoleón, he puesto cinco huevos en seis días»; o dos vacas, disfrutando de un trago en el estanque, exclamando: «¡Gracias al liderazgo del camarada Napoleón, por el excelente sabor de esta agua!». El sentimiento general en la granja estaba bien expresado en un poema titulado 'El camarada Napoleón', que fue compuesto por Mínimus y que decía así:

> ¡Amigo de los huérfanos!
> ¡Fuente de felicidad!
> ¡Señor del balde de basura!
> ¡Oh, cómo arde mi alma
> cuando miro tus ojos tranquilos y dominantes,
> como el sol en el cielo,
> camarada Napoleón!
> Tú eres el dador
> de todo lo que tus criaturas aman,
>   barriga llena dos veces al día, paja limpia para revolcarse;

> cada bestia, grande o pequeña,
> duerme en paz en su establo,
> ¡tú velas por todo,
> camarada Napoleón!
> Si hubiera tenido un lechón,
> antes de que hubiera crecido
> como una botella de una pinta,
> debería haber aprendido
> a ser fiel y leal a ti,
> sí, su primer chillido debería ser
> «¡Camarada Napoleón!».

Napoleón aprobó este poema e hizo que se inscribiera en la pared del gran granero, en el extremo opuesto de los Siete Mandamientos. Estaba coronado por un retrato de Napoleón, de perfil, realizado por Squealer en pintura blanca.

Mientras tanto, a través de la agencia de Whymper, Napoleón estaba envuelto en complicadas negociaciones con Frederick y Pilkington. La pila de madera aún no se había vendido. De los dos, Frederick era el más ansioso por apoderarse de ella, pero no ofrecía un precio razonable. Al mismo tiempo, hubo renovados rumores de que Frederick y sus hombres estaban conspirando para atacar Granja Animal y destruir el molino de viento, cuya construcción había despertado celos furiosos en él. Se sabía que Bola de Nieve seguía merodeando por la granja Pinchfield. A mediados del verano, los animales se alarmaron al escuchar que tres gallinas se habían adelantado y confesado que, inspiradas por Bola de Nieve, habían entrado en un complot para asesinar a

Napoleón. Fueron ejecutadas inmediatamente y se tomaron nuevas precauciones para la seguridad de Napoleón. Cuatro perros custodiaban su cama por la noche, uno en cada esquina, y un cerdito llamado Pinky se encargó de probar toda su comida antes de comerla, para que no lo envenenaran.

Aproximadamente al mismo tiempo, se supo que Napoleón había hecho arreglos para vender la pila de madera al señor Pilkington; también iba a celebrar un acuerdo regular para el intercambio de ciertos productos entre Granja Animal y Foxwood. Las relaciones entre Napoleón y Pilkington, aunque sólo se llevaron a cabo a través de Whymper, ahora eran casi amistosas. Los animales desconfiaban de Pilkington, como ser humano, pero lo preferían más que a Frederick, a quien temían y odiaban. A medida que avanzaba el verano y el molino de viento se acercaba a su finalización, los rumores de un inminente ataque traicionero se hicieron cada vez más fuertes. Frederick, se decía, tenía la intención de traer contra ellos a veinte hombres, todos armados con armas de fuego, y ya había sobornado a los magistrados y policías, de modo que, si alguna vez lograba obtener los títulos de propiedad de Granja Animal, no harían preguntas. Además, desde Pinchfield se filtraban terribles historias sobre las crueldades que Frederick practicaba con sus animales. Había azotado hasta la muerte a un caballo viejo, había matado de hambre a sus vacas, había matado a un perro arrojándolo al horno, se divertía por las tardes haciendo peleas de gallos con astillas como navajas atadas a las espuelas. La sangre de los animales hervía de rabia cuando se enteraban de que les había hecho estas cosas a sus camaradas, y a veces clamaban que se les permitiera salir en grupo y atacar la Granja Pinchfield, expulsar a los humanos y liberar a los animales. Pero Squealer les aconsejó evitar acciones precipitadas y confiar en la estrategia del Camarada Napoleón.

Sin embargo, los sentimientos contra Frederick continuaron en aumento. Un domingo por la mañana, Napoleón apareció en el granero y explicó que nunca, en ningún momento, había contemplado vender la pila de madera a Frederick; él consideraba por debajo de su dignidad, dijo, tener tratos con sinvergüenzas de esa descripción. A las palomas que todavía se enviaban para difundir la noticia de la Rebelión se les prohibió poner un pie en Foxwood, y también se les ordenó abandonar su lema anterior de «Muerte a la Humanidad» a favor de «Muerte a Frederick». A finales del verano, otra de las maquinaciones de Bola de Nieve quedó al descubierto. La cosecha de trigo estaba llena de malas hierbas y se descubrió que, en una de sus visitas nocturnas, Bola de Nieve había mezclado semillas de malas hierbas con semillas de maíz. Un ganso que había estado al tanto del complot le había confesado su culpabilidad a Squealer e inmediatamente se suicidó tragando mortíferas bayas de solanáceas. Los animales también se enteraron de que Bola de Nieve nunca había recibido, como muchos de ellos habían creído hasta ahora, la orden de «Héroe animal, primera clase». Esto era simplemente una leyenda que había sido difundida algún tiempo después de la Batalla del Establo por el mismo Bola de Nieve. Lejos de ser condecorado, había sido censurado por mostrar cobardía en la batalla. Una vez más, algunos de los animales escucharon esto con cierto desconcierto, pero Squealer pronto pudo convencerlos de que sus recuerdos habían fallado.

En otoño, con un tremendo y extenuante esfuerzo —pues la cosecha tenía que recogerse casi al mismo tiempo— el molino de viento quedó terminado. Aún faltaba instalar la maquinaria y Whymper estaba negociando su compra, pero la estructura estaba terminada. A pesar de todas las dificultades, a pesar de la inexperiencia, de los implementos primitivos, de la mala suerte y de la traición de Bola de Nieve, ¡la obra había sido terminada puntualmente el mismo día en que se había previsto! Cansados pero orgullosos, los animales daban vueltas y más vueltas a su obra maestra, que a sus ojos parecía incluso más hermosa que cuando se había construido por primera vez. Además, las paredes eran el doble de gruesas que antes. ¡Sólo los explosivos las derribarían esta vez! Y cuando pensaban en cuánto habían trabajado, qué desalientos habían superado y la enorme diferencia que se produciría en sus vidas cuando las velas giraran y los dínamos estuvieran en marcha, cuando pensaban en todo esto, el cansancio los abandonaba y brincaban alrededor del molino de viento, lanzando gritos de triunfo. Napoleón mismo, acompañado por sus perros y su gallo, bajó para inspeccionar el trabajo terminado; felicitó personalmente a los animales por su logro y anunció que el molino se llamaría Molino Napoleón.

Dos días después, los animales fueron llamados a una reunión especial en el establo. Se quedaron mudos de sorpresa cuando Napoleón anunció que había vendido la pila de madera a Frederick. Mañana llegarían los carros y comenzarían a llevársela. A lo largo de todo el período de su aparente amistad con Pilkington, Napoleón había mantenido realmente un acuerdo secreto con Frederick.

Todas las relaciones con Foxwood se habían roto; se habían enviado mensajes insultantes a Pilkington. A las palomas se les había dicho que evitaran Pinchfield y cambiaran su eslogan de «Muerte a Frederick» a «Muerte a Pilkington». Al mismo tiempo, Napoleón aseguró a los animales que las historias de un ataque inminente a Granja Animal eran completamente falsas y que las historias sobre la crueldad de Frederick con sus propios animales habían sido muy exageradas. Todos estos rumores probablemente se originaron con Bola de Nieve y sus agentes. Ahora parecía que Bola de Nieve, después de todo, no se escondía en Pinchfield y, de hecho, nunca había estado allí en su vida: estaba viviendo, con un lujo considerable, según se decía, en Foxwood, y en realidad había sido un pensionado de Pilkington durante años pasados.

Los cerdos estaban extasiados por la astucia de Napoleón. Al parecer amistoso con Pilkington, había obligado a Frederick a aumentar su precio en doce libras. Pero la cualidad superior de la mente de Napoleón, dijo Squealer, se demostró en el hecho de que no confiaba en nadie, ni siquiera en Frederick. Frederick había querido pagar la madera con algo llamado cheque, que, al parecer, era un pedazo de papel con una promesa de pago. Pero Napoleón era demasiado listo para él. Había exigido el pago en billetes reales de cinco libras, que debían ser entregados antes de que se retirara la madera. Frederick ya había pagado, y la suma que había dado era suficiente para comprar la maquinaria para el molino de viento.

Mientras tanto, la madera se transportaba a gran velocidad. Cuando todo terminó, se llevó a cabo otra reunión especial en el establo para que los animales inspeccionaran los billetes de banco de Frederick. Sonriendo beatíficamente y luciendo sus dos condecoraciones, Napoleón descansaba sobre un lecho de paja en la plataforma, con el dinero a su lado, pulcramente apilado en un plato de porcelana de la cocina de la casa de la granja. Los animales desfilaron lentamente, y cada uno miró hasta saciarse. Y Boxer sacó la nariz para oler los billetes de banco, y las cosas blancas y endebles se agitaron y susurraron en su aliento.

Tres días después hubo un alboroto terrible. Whymper, con el rostro mortalmente pálido, llegó corriendo por el sendero en su bicicleta, la arrojó al suelo y se precipitó directamente a la granja. Al momento siguiente, un rugido asfixiante de rabia sonó desde los aposentos de Napoleón. La noticia de lo sucedido corrió por la granja como un reguero de pólvora. ¡Los billetes eran falsos! ¡Frederick había conseguido la madera gratis!

Napoleón reunió a los animales de inmediato y con una voz terrible pronunció la sentencia de muerte sobre Frederick. Cuando fuera capturado, dijo, Frederick debía ser hervido vivo. Al mismo tiempo les advirtió que después de este acto traicionero se esperaba lo peor. Frederick y sus hombres podrían realizar su tan esperado ataque en cualquier momento. Se colocaron centinelas en todos los accesos a la finca. Además, se enviaron cuatro palomas a Foxwood con un mensaje conciliador, con el que se esperaba restablecer buenas relaciones con Pilkington.

A la mañana siguiente, llegó el ataque. Los animales estaban desayunando cuando los vigías llegaron corriendo con la noticia de que Frederick y sus seguidores ya habían cruzado la puerta de cinco barrotes. Con bastante audacia, los animales salieron a su encuentro, pero esta vez no tuvieron la victoria fácil que habían tenido en la Batalla del Establo. Eran quince hombres, con media docena de armas entre ellos, y abrieron fuego tan pronto como estuvieron a cincuenta metros. Los animales no pudieron hacer frente a las terribles explosiones y los perdigones punzantes y, a pesar de los esfuerzos de Napoleón y Boxer para reunirlos, pronto fueron obligados a retroceder. Varios de ellos ya estaban heridos. Se refugiaron en los edificios de la granja y se asomaron con cautela por las grietas y los nudos. Todo el gran pastizal, incluido el molino de viento, estaba en manos del enemigo. Por el momento, incluso Napoleón pareció perdido. Paseaba de un lado a otro sin decir una palabra, con la cola rígida y moviéndose nerviosamente. Se enviaron miradas melancólicas en dirección a Foxwood. Si Pilkington y sus hombres los ayudaran, el día podría ganarse. Pero en ese momento regresaron las cuatro palomas que habían sido enviadas el día anterior, una de ellas con un trozo de papel de Pilkington. En él estaban escritas a lápiz las palabras: «Te lo mereces».

Mientras tanto, Frederick y sus hombres se habían detenido en el molino de viento. Los animales los observaron y un murmullo de consternación se extendió. Dos de los hombres habían sacado una palanca y un mazo. Iban a derribar el molino de viento.

—¡Imposible! —gritó Napoleón—. Hemos construido muros demasiado gruesos para eso. No podrían derribarlos en una semana. ¡Ánimo, camaradas!

Pero Benjamín observaba atentamente los movimientos de los hombres. Los dos del martillo y la palanca estaban perforando un agujero cerca de la base del molino de viento. Lentamente, y con un aire casi divertido, Benjamín asintió con su largo hocico.

—Eso pensé —dijo—. ¿No ven lo que están haciendo? Luego pondrán dinamita en ese agujero.

Aterrorizados, los animales esperaron. Ahora era imposible aventurarse fuera del refugio de los edificios. Después de unos minutos se vio que los hombres corrían en todas direcciones. Entonces hubo un rugido ensordecedor. Las palomas dieron vueltas en el aire y todos los animales, excepto Napoleón, se echaron boca abajo y ocultaron sus rostros. Cuando se levantaron de nuevo, una enorme nube de humo negro colgaba donde había estado el molino de viento. Lentamente, la brisa se lo llevó. ¡El molino de viento había dejado de existir!

Ante esta vista, el valor de los animales volvió a ellos. El miedo y la desesperación que habían sentido un momento antes se ahogaron en su rabia contra este acto vil y despreciable. Se elevó un poderoso grito de venganza y, sin esperar más órdenes, cargaron en un solo cuerpo y se dirigieron directamente hacia el enemigo. Esta vez no hicieron caso de los crueles perdigones que los barrían como granizo. Fue una batalla salvaje y amarga. Los hombres dispararon una y otra vez y, cuando los animales se acercaron, arremetieron con sus palos y sus pesadas botas. Murieron una vaca, tres ovejas y dos gansos, y casi todos resultaron heridos. Incluso a Napoleón, que dirigía las operaciones desde la retaguardia, le partieron la punta de la cola con un perdigón. Pero los hombres tampoco salieron ilesos. A tres de ellos les rompieron la cabeza los golpes de los cascos de Boxer; otro fue corneado en el vientre por un cuerno de vaca; Jessie y Bluebell casi le arrancan los pantalones a otro. Y cuando los nueve perros de la propia guardia personal de Napoleón, a quienes había dado instrucciones para dar un rodeo al amparo del seto, aparecieron de repente en el flanco de los hombres, aullando ferozmente, el pánico se apoderó de ellos. Vieron que corrían peligro de ser rodeados. Frederick gritó a sus hombres que salieran mientras las cosas seguían bien, y al momento siguiente el enemigo cobarde corría por su vida. Los animales los persiguieron hasta el fondo del campo y les dieron unas últimas patadas mientras se abrían paso a través del seto de espinos.

Habían ganado, pero estaban cansados y sangrando. Lentamente comenzaron a retroceder hacia la granja. La vista de sus camaradas muertos tendidos sobre la hierba conmovió a algunos hasta las lágrimas. Y por un momento se detuvieron en un doloroso silencio en el lugar donde una vez estuvo el molino de viento. Sí, se había ido; ¡casi se había ido el último rastro de su trabajo! Incluso los cimientos quedaron parcialmente destruidos. Y al reconstruirlo no podrían, esta vez, como antes, hacer uso de las piedras caídas. Esta vez las piedras también habían desaparecido. La fuerza de la explosión las había lanzado a distancias de cientos de metros. Era como si el molino de viento nunca hubiera existido.

Cuando se acercaron a la granja, Squealer, que inexplicablemente había estado ausente durante la pelea, vino saltando hacia ellos, agitando la cola y sonriendo con satisfacción. Y los animales oyeron, desde la dirección de los edificios de la granja, el estruendo solemne de un arma.

—¿Para qué disparas esa arma? —dijo Boxer.

—¡Para celebrar nuestra victoria! —gritó Squealer.

—¿Qué victoria? —dijo Boxer. Le sangraban las rodillas, había perdido una herradura y se había partido una pezuña, y una docena de perdigones se le habían alojado en la pata trasera.

—¿Qué victoria, camarada? ¿No hemos expulsado al enemigo de nuestro suelo, el suelo sagrado de Granja Animal?

—Pero han destruido el molino de viento. ¡Y habíamos trabajado en él durante dos años!

—¿Qué importa? Construiremos otro molino de viento. Construiremos seis molinos de viento si nos da la gana. No aprecias, camarada, lo poderoso que hemos hecho.

El enemigo estaba ocupando este mismo terreno en el que nos encontramos. Y ahora, gracias al liderazgo del camarada Napoleón, ¡hemos recuperado cada centímetro!

—Entonces hemos recuperado lo que teníamos antes —dijo Boxer.

—Esa es nuestra victoria —dijo Squealer.

Salieron cojeando al patio. Los perdigones debajo de la piel de las piernas de Boxer se desgarraron dolorosamente. Vio delante de él el pesado trabajo de reconstruir el molino de viento desde los cimientos, y ya en su imaginación se preparó para la tarea. Pero por primera vez se le ocurrió que tenía once años y que tal vez sus grandes músculos ya no eran lo que habían sido.

Pero cuando los animales vieron ondear la bandera verde y oyeron disparar de nuevo el arma —fue disparada siete veces en total— y oyeron el discurso que pronunció Napoleón, felicitándolos por su conducta, les pareció, después de todo, que habían ganado un premio. Una gran victoria. Los animales muertos en la batalla recibieron un funeral solemne. Boxer y Clover tiraban del carro que servía de coche fúnebre, y el propio Napoleón caminaba a la cabeza de la procesión. Se dedicaron dos días completos a las celebraciones. Hubo cantos, discursos y más disparos de escopeta, y se entregó un regalo especial de una manzana a cada animal, con dos onzas de maíz para cada ave y tres galletas para cada perro. Se anunció que la batalla se llamaría Batalla del Molino de Viento y que Napoleón había creado una nueva condecoración: la Orden de la Bandera Verde, que él mismo se había conferido. En los regocijos generales se olvidó el desgraciado asunto de los billetes.

Unos días después de esto, los cerdos encontraron una caja de *whisky* en los sótanos de la granja. Había sido pasada por alto en el momento en que la casa fue ocupada por primera vez. Aquella noche llegó desde la casa el sonido de un fuerte canto, en el que, para sorpresa de todos, se mezclaban los acordes de 'Bestias de Inglaterra'. Aproximadamente a las nueve y media, se vio claramente que Napoleón, con un viejo sombrero bombín del señor Jones, salía por la puerta trasera, galopaba rápidamente por el patio y desaparecía de nuevo en el interior. Pero por la mañana un profundo silencio se cernía sobre la casa. Ni un cerdo parecía estar revolviéndose. Eran casi las nueve cuando Squealer hizo su aparición, caminando lenta y abatidamente, con los ojos apagados, la cola colgando fláccida detrás de él y con toda la apariencia de estar gravemente enfermo. Reunió a los animales y les dijo que tenía una terrible noticia que dar. ¡El camarada Napoleón se estaba muriendo!

Se elevó un grito de lamento. Se tendió paja fuera de las puertas de la granja, y los animales caminaron de puntillas. Con lágrimas en los ojos se preguntaban unos a otros qué debían hacer si les quitaban a su líder. Corrió el rumor de que, después de todo, Bola de Nieve se las había ingeniado para introducir veneno en la comida de Napoleón. A las once salió Squealer para hacer otro anuncio. Como último acto sobre la tierra, el camarada Napoleón había pronunciado un decreto solemne: el consumo de alcohol debía ser castigado con la muerte.

Por la noche, sin embargo, Napoleón parecía estar algo mejor y, a la mañana siguiente, Squealer pudo decirles que estaba bien encaminado hacia la recuperación. Por la noche de ese día, Napoleón estaba de vuelta en el trabajo, y al día siguiente se supo que había dado instrucciones a Whymper para que comprara en Willingdon algunos folletos sobre elaboración de cerveza y destilación. Una semana más tarde, Napoleón dio órdenes de que se arara el pequeño potrero más allá del huerto, que anteriormente se había destinado a reservar como terreno de pastoreo para los animales que habían dejado de trabajar. Se informó que el pasto estaba agotado y necesitaba volver a sembrarse, pero pronto se supo que Napoleón tenía la intención de sembrarlo con cebada.

En ese momento, ocurrió un extraño incidente que casi nadie fue capaz de entender. Una noche, alrededor de las doce, hubo un estruendo en el patio y los animales salieron corriendo de sus establos. Era una noche de luna llena. Al pie de la pared del fondo del gran granero, donde estaban escritos los Siete Mandamientos, había una escalera rota en dos pedazos. Squealer, momentáneamente aturdido, estaba tumbado junto a ella, y cerca de allí había una linterna, un pincel, y un bote de pintura blanca volcado. Los perros inmediatamente formaron un círculo alrededor de Squealer y lo escoltaron de regreso a la granja tan pronto como pudo caminar. Ninguno de los animales podía formarse una idea de lo que esto significaba, excepto el viejo Benjamín, que asintió con el hocico con aire de complicidad y pareció comprender, pero no dijo nada.

Pero unos días después, Muriel, al leer los Siete Mandamientos para sí misma, notó que había otro de ellos que los animales habían recordado mal. Habían pensado que el quinto mandamiento era «Ningún animal beberá alcohol», pero había dos palabras que habían olvidado. En realidad, el mandamiento decía: «Ningún animal beberá alcohol... EN EXCESO».

Capítulo 9

La pezuña partida de Boxer tardó mucho tiempo en sanar. Habían comenzado la construcción del molino de viento el día después de que terminaran las celebraciones de la victoria. Boxer se negó a tomarse un día libre en el trabajo y se convirtió en una cuestión de honor para que no se viera que estaba sufriendo. Por las noches admitía en privado ante Clover que la pezuña le preocupaba mucho. Clover trató el casco con cataplasmas de hierbas que preparó masticándolas, y tanto ella como Benjamín instaron a Boxer a trabajar menos duro. «Los arneses de un caballo no duran para siempre», le dijo. Pero Boxer no quiso escuchar. Dijo que sólo le quedaba una ambición real: ver el molino de viento bien en marcha antes de llegar a la edad de jubilación.

Al principio, cuando se formularon por primera vez las leyes de Granja Animal, la edad de jubilación se fijó en doce años para los caballos y los cerdos, en catorce para las vacas, en nueve para los perros, en siete para las ovejas y en cinco para las gallinas y los gansos. Se habían acordado pensiones de vejez. Hasta el momento, ningún animal se había jubilado realmente con una pensión, pero últimamente el tema se había discutido cada vez más. Ahora que el pequeño campo más allá de la huerta había sido reservado para la cebada, se rumoreaba que una esquina de la gran pradera iba a ser cercada y convertida en un terreno de pastoreo para animales jubilados. Para un caballo, se decía, la pensión sería de cinco libras de maíz al día y, en invierno, quince libras de heno, con una zanahoria o posiblemente una manzana en los días festivos. El duodécimo cumpleaños de Boxer estaba previsto para fines del verano del año siguiente.

Mientras tanto, la vida era dura. El invierno fue tan frío como el último, y la comida escaseó aún más. Una vez más, se redujeron todas las raciones, excepto las de los cerdos y los perros. Una igualdad demasiado rígida en las raciones, explicó Squealer, habría sido contraria a los principios del Animalismo. En cualquier caso, no tuvo dificultad en probar a los otros animales que en realidad NO estaban escasos de comida, cualesquiera que fueran las apariencias. Por el momento, ciertamente, se había considerado necesario hacer un reajuste de las raciones (Squealer siempre hablaba de ello como un reajuste, nunca como una reducción), pero en comparación con los días de Jones, la mejora fue enorme. Leyó las cifras con voz aguda y rápida, y les demostró en detalle que tenían más avena, más heno, más nabos que en los días de Jones, que trabajaban menos horas, que el agua que bebían era de mejor calidad, que vivían más, que una mayor proporción de sus crías sobrevivieron a la infancia, y que tenían más paja en sus pesebres y sufrían de menos pulgas. Los animales creyeron cada palabra. A decir verdad, Jones y todo lo que representaba, casi se habían desvanecido de sus recuerdos. Sabían que la vida actual era dura y desnuda, que a menudo tenían hambre y frío, y que normalmente trabajaban cuando no dormían. Pero sin duda había sido peor en los viejos tiempos. Se alegraron de creerlo. Además, en aquellos tiempos habían sido esclavos y ahora eran libres, y eso marcaba la diferencia, como Squealer no dejaba de señalar.

Había muchas más bocas que alimentar ahora. En otoño, las cuatro cerdas habían parido simultáneamente, produciendo treinta y un lechones entre ellas. Los cerdos jóvenes eran pintos, y como Napoleón era el único jabalí en la granja, era posible adivinar su ascendencia. Se anunció que más tarde, cuando se compraran ladrillos y madera, se construiría un salón de clases en el jardín de la granja. Por el momento, los cerditos eran instruidos por el mismo Napoleón en la cocina de la granja. Hacían ejercicio en el jardín y se les disuadió de jugar con los otros animales jóvenes. Por esta época, también, se estableció como regla que cuando un cerdo y cualquier otro animal se encontraban en el camino, el otro animal debía hacerse a un lado, y también que todos los cerdos, de cualquier grado, debían tener el privilegio de llevar cintas verdes en sus colas los domingos.

La finca había tenido un año bastante exitoso, pero todavía andaba escasa de dinero. Había que comprar los ladrillos, la arena y la cal para el salón de clases, y también sería necesario empezar a ahorrar de nuevo para la maquinaria del molino de viento. Luego estaban en la lista el aceite para lámparas y velas para la casa, azúcar para la mesa del propio Napoleón (se lo prohibió a los otros cerdos, alegando que los engordaba), y todos los reemplazos habituales, como herramientas, clavos, cuerdas, carbón, alambre, etc., chatarra y galletas para perros. Se vendió un tocón de heno y parte de la cosecha de patatas, y el contrato de huevos se aumentó a seiscientos por semana, de modo que ese año las gallinas apenas sacaron suficientes pollitos para mantener su número al mismo nivel. Las raciones, reducidas en diciembre, volvieron a reducirse en febrero, y se prohibieron los farolillos en los puestos para ahorrar aceite. Pero los cerdos parecían lo suficientemente cómodos y, de hecho, estaban engordando un poco. Una tarde, a finales de febrero, un olor cálido, rico y apetitoso, como nunca antes habían olido los animales, flotó a través del patio desde la pequeña sala de cocción, que había estado en desuso en la época de Jones, y que se encontraba más allá de la cocina. Alguien dijo que era el olor de la cebada cocida. Los animales olfatearon el aire con avidez y se preguntaron si les estarían preparando un puré tibio para la cena. Pero no apareció ningún puré tibio, y el domingo siguiente se anunció que de ahora en adelante toda la cebada estaría reservada para los cerdos. El campo más allá del huerto ya había sido sembrado con cebada. Y pronto se filtró la noticia de que cada cerdo estaba recibiendo una ración de una pinta de cerveza al día, con medio galón para el propio Napoleón, al que siempre se le servía en la sopera Crown Derby.

Pero si hubo penalidades que soportar, en parte fueron compensadas por el hecho de que la vida ahora tenía una dignidad mayor que la que había tenido antes. Había más canciones, más discursos, más procesiones. Napoleón había ordenado que una vez por semana se llevara a cabo algo llamado Demostración Espontánea, cuyo objeto era celebrar las luchas y los triunfos de Granja Animal. A la hora señalada, los animales dejaban su trabajo y marchaban alrededor de los recintos de la granja en formación militar, con los cerdos a la cabeza, luego los caballos, luego las vacas, luego las ovejas y luego las aves de corral. Los perros flanqueaban la procesión, y a la cabeza de todos marchaba el gallo negro de Napoleón. Boxer y Clover siempre llevaban entre ellos un estandarte verde marcado con el casco y el cuerno, y la leyenda «¡Viva el camarada Napoleón!». Después había recitales de poemas compuestos en honor de Napoleón, y un discurso de Squealer dando detalles de los últimos aumentos en la producción de alimentos, y en ocasiones se disparaba el arma. Las ovejas eran las mayores devotas de la Demostración Espontánea, y si alguien se quejaba (como lo hacían a veces algunos animales, cuando no había cerdos ni perros cerca) de que perdían el tiempo y significaba mucho estar de pie en el frío, las ovejas seguramente lo silenciaban con un tremendo balido de «¡Cuatro patas bien, dos patas mal!». Pero, en general, los animales disfrutaron de estas celebraciones. Encontraron reconfortante que se les recordara que, después de todo, eran realmente sus propios maestros y que el trabajo que hacían era para su propio beneficio. De modo que, entre los cantos, las procesiones, las listas de cifras de Squealer, el trueno de la pistola, el canto del gallo y el ondear de la bandera, pudieron olvidar que sus barrigas estaban vacías, al menos en parte.

En abril, Granja Animal fue proclamada República y se hizo necesario elegir un presidente. Sólo hubo un candidato, Napoleón, que fue elegido por unanimidad. El mismo día se supo que se habían descubierto nuevos documentos que revelaban más detalles sobre la complicidad de Bola de Nieve con Jones. Ahora parecía que Bola de Nieve no había intentado simplemente perder la Batalla del Establo de las Vacas mediante una estratagema, como los animales habían imaginado anteriormente, sino que había estado luchando abiertamente del lado de Jones. De hecho, fue él quien en realidad había sido el líder de las fuerzas humanas, y había cargado a la batalla con las palabras «¡Larga vida a la humanidad!» en sus labios. Las heridas en el lomo de Bola de Nieve, que algunos de los animales aún recordaban haber visto, habían sido infligidas por los dientes de Napoleón.

A mediados del verano, Moisés, el cuervo, reapareció repentinamente en la granja, después de una ausencia de varios años. Seguía sin cambios, seguía sin trabajar y hablaba con la misma tensión de siempre sobre la Montaña de Azúcar. Se posaba en un tocón, batía sus alas negras y hablaba por horas con cualquiera que quisiera escuchar. «Allá arriba, camaradas», decía solemnemente, señalando el cielo con su gran pico, «ahí arriba, justo al otro lado de esa nube oscura que se ve, ahí está la Montaña de Azúcar, ese país feliz. ¡Donde nosotros, los pobres animales, descansaremos para siempre de nuestros trabajos!». Incluso afirmó haber estado allí en uno de sus vuelos más altos y haber visto los sempiternos campos de tréboles, la torta de linaza y los terrones de azúcar que crecían en los setos. Muchos de los animales le creyeron. Sus vidas ahora, razonaron, eran hambrientas y laboriosas. ¿no era correcto y justo que existiera un mundo mejor en otro lugar? Una cosa que fue difícil de determinar fue la actitud de los cerdos hacia Moisés. Todos declararon con desdén que sus historias sobre la

Montaña de Azúcar eran mentiras y, sin embargo, le permitieron quedarse en la finca, sin trabajar, con una dotación de una cucharada de cerveza al día.

Después de que su casco se curó, Boxer trabajó más duro que nunca. De hecho, todos los animales trabajaron como esclavos ese año. Aparte del trabajo regular de la granja, y la reconstrucción del molino de viento, estaba la escuela para los lechones, que se inició en marzo. A veces, las largas horas con comida insuficiente eran difíciles de soportar, pero Boxer nunca vaciló. En nada de lo que dijo o hizo hubo alguna señal de que su fuerza no era lo que había sido. Sólo su apariencia estaba un poco alterada; su piel era menos brillante de lo que solía ser, y sus grandes ancas parecían haberse encogido. Los otros dijeron: «Boxer se levantará cuando aparezca la hierba de primavera», pero llegó la primavera y Boxer no engordó más. A veces, en la ladera que conducía a la cima de la cantera, cuando apoyaba los músculos contra el peso de una gran roca, parecía que nada lo mantenía en pie excepto la voluntad de continuar. En tales ocasiones, se vio que cuando sus labios decían «Trabajaré más duro», no le salía la voz. Una vez más, Clover y Benjamín le advirtieron que cuidara su salud, pero Boxer no hizo caso. Se acercaba su duodécimo cumpleaños. A él no le importaba lo que sucediera, siempre y cuando se acumulara una buena reserva de piedra antes de jubilarse.

Una tarde de verano, un repentino rumor recorrió la granja de que algo le había pasado a Boxer. Había salido solo a arrastrar una carga de piedra hasta el molino de viento. Y efectivamente, el rumor era cierto. Unos minutos después llegaron dos palomas corriendo con la noticia: «¡Boxer se ha caído! ¡Está acostado de lado y no puede levantarse!».

Aproximadamente la mitad de los animales de la granja corrieron hacia el montículo donde estaba el molino de viento. Allí yacía Boxer, entre los ejes del carro, con el cuello estirado, incapaz incluso de levantar la cabeza. Tenía los ojos vidriosos, los costados empapados de sudor. Un fino hilo de sangre había salido de su boca. Clover se arrodilló a su lado.

—¡Boxer! —gritó—, ¿cómo estás?

—Es mi pulmón —dijo Boxer con voz débil—. No importa. Creo que podrás terminar el molino de viento sin mí. Hay una buena reserva de piedra acumulada. De todos modos, sólo me quedaba un mes más. Para decirte la verdad, había estado esperando mi retiro. Y tal vez, como Benjamín también está envejeciendo, lo dejarán retirarse al mismo tiempo y ser un compañero para mí.

—Debemos obtener ayuda de inmediato —dijo Clover—. Que alguien corra y le diga a Squealer lo que ha sucedido.

Todos los demás animales corrieron de inmediato a la casa de la granja para darle la noticia a Squealer. Sólo quedaron Clover y Benjamín, que se echó al lado de Boxer y, sin hablar, espantó las moscas con su larga cola. Después de un cuarto de hora apareció Squealer, lleno de simpatía y preocupación. Dijo que el camarada Napoleón se había enterado con la más profunda angustia de esta desgracia de uno de los trabajadores más leales de la granja, y ya estaba haciendo arreglos para enviar a Boxer a ser tratado en el hospital de Willingdon. Los animales se sintieron un poco inquietos por esto. A excepción de Mollie y Bola de Nieve, ningún otro animal había salido nunca de la granja y no les gustaba pensar en su compañero enfermo en manos de seres humanos. Sin embargo, Squealer los convenció fácilmente de que el veterinario de Willingdon podía tratar el caso de Boxer de manera más satisfactoria que en la granja. Y una media hora más tarde, cuando Boxer se había recuperado un poco, se puso de pie con dificultad y logró volver cojeando a su puesto, donde Clover y Benjamín le habían preparado un buen lecho de paja.

Durante los siguientes dos días, Boxer permaneció en su establo. Los cerdos habían enviado un frasco grande de medicina rosa que habían encontrado en el botiquín del baño, y Clover se la administraba a Boxer dos veces al día después de las comidas. Por las noches, ella se acostaba en su pesebre y hablaba con él, mientras Benjamín le quitaba las moscas. Boxer profesó no arrepentirse de lo que había sucedido. Si se recuperaba bien, podría esperar vivir otros tres años, y esperaba con ansias los días pacíficos que pasaría en la esquina del gran prado. Sería la primera vez que tendría tiempo libre para estudiar y mejorar su mente. Tenía la intención, dijo, de dedicar el resto de su vida a aprender las veintidós letras restantes del alfabeto.

Sin embargo, Benjamín y Clover sólo podían estar con Boxer después de las horas de trabajo, y fue en pleno día cuando llegó la furgoneta para llevárselo. Benjamín salió galopando desde la dirección de los edificios de la granja, rebuznando a todo pulmón. Era la primera vez que veían a Benjamín excitado; de hecho, era la primera vez que alguien lo veía galopar. «¡Rápido rápido!», gritó. «¡Vengan pronto! ¡Se están llevando a Boxer!». Sin esperar órdenes del cerdo, los animales interrumpieron el trabajo y regresaron corriendo a los edificios de la granja. Efectivamente, en el patio había una gran furgoneta cerrada, tirada por dos caballos, con letras en un costado y un hombre de aspecto astuto con bombín de copa baja sentado en el asiento del conductor. Y el puesto de Boxer estaba vacío.

Los animales se apiñaron alrededor de la furgoneta. «¡Adiós, Boxer!», corearon, «¡adiós!».

—¡Tontos! ¡Imbéciles! —gritó Benjamín, dando cabriolas alrededor de ellos y pateando el suelo con sus pequeños cascos—. ¡Imbéciles! ¿No ven lo que está escrito en el costado de esa camioneta?

Eso hizo que los animales se detuvieran y se hizo un silencio. Muriel comenzó a deletrear las palabras. Pero Benjamín la empujó a un lado y en medio de un silencio mortal, leyó:

—Alfred Simmonds, matadero de caballos y caldera de pegamento, Willingdon. Comerciante de pieles y harina de huesos. ¿No entienden lo que eso significa? ¡Llevan a Boxer al matadero!

Un grito de horror estalló en todos los animales. En ese momento, el hombre de la carroza azotó a sus caballos y la camioneta salió del patio a paso ligero. Todos los animales lo siguieron, gritando. Clover se abrió paso hasta el frente. La furgoneta comenzó a ganar velocidad. Clover trató de mover sus fuertes extremidades al galope, y logró un medio galope. «¡Boxer!», gritó. «¡Boxer! ¡Boxer! ¡Boxer!». Y justo en ese momento, como si hubiera oído el alboroto afuera, el rostro de Boxer, con la raya blanca en la nariz, apareció en la pequeña ventana en la parte trasera de la camioneta.

—¡Boxer! —gritó Clover con una voz terrible—. ¡Boxer! ¡Sal! ¡Sal rápido! ¡Te están llevando a tu muerte!

Todos los animales hicieron eco del grito de «¡Sal, Boxer, sal!», pero la camioneta ya estaba ganando velocidad y alejándose de ellos. No estaba claro si Boxer había entendido lo que Clover había dicho. Pero un momento después, su rostro desapareció de la ventana y se oyó un tremendo tamborileo de cascos dentro de la camioneta. Estaba tratando de abrirse paso a patadas. Hubo una época en que unas pocas patadas de los cascos de Boxer habrían convertido la camioneta en astillas. Pero ¡ay!, sus fuerzas lo habían abandonado, y en unos momentos, el sonido de los cascos se hizo más débil y se apagó. Desesperados, los animales comenzaron a apelar a los dos caballos que detuvieron la camioneta. «¡Camaradas, camaradas!», gritaron. «¡No lleven a su propio hermano a la muerte!». Pero los estúpidos brutos, demasiado ignorantes para darse cuenta de lo que estaba pasando, simplemente echaron atrás las orejas y aceleraron el paso. El rostro de Boxer no volvió a aparecer en la ventana.

Demasiado tarde, alguien pensó en adelantarse y cerrar la puerta de cinco barras, pero pronto, la furgoneta la atravesó y desapareció rápidamente por la carretera. Nunca más se volvió a ver a Boxer.

Tres días después, se anunció que había muerto en el hospital de Willingdon, a pesar de recibir toda la atención que un caballo podía tener. Squealer vino a anunciar la noticia a los demás. Dijo que había estado presente durante las últimas horas de Boxer.

—¡Fue la visión más conmovedora que he visto en mi vida! —dijo Squealer, levantando su patita y secándose una lágrima—. Estuve junto a su cama en el último momento. Y al final, casi demasiado débil para hablar, susurró en mi oreja que su única pena era haber muerto antes de que el molino de viento estuviera terminado. «¡Adelante, camaradas!», susurró. «Adelante en nombre de la Rebelión. ¡Viva Granja Animal! ¡Viva el camarada Napoleón! Napoleón siempre tiene razón». Esas fueron sus últimas palabras, camaradas.

En ese momento, el comportamiento de Squealer cambió repentinamente. Se quedó en silencio por un momento y sus pequeños ojos lanzaron miradas sospechosas de un lado a otro antes de continuar.

Había llegado a su conocimiento, dijo, que un tonto rumor malicioso había circulado en el momento del traslado de Boxer. Algunos de los animales se habían dado cuenta de que la furgoneta que se llevó a Boxer estaba marcada como «Matadero de caballos», y habían llegado a la conclusión de que Boxer estaba siendo enviado al matadero. Era casi increíble, dijo Squealer, que cualquier animal pudiese ser tan estúpido. Seguramente, gritó indignado, moviendo la cola y saltando de un lado a otro, seguramente conocían a su amado líder, el Camarada Napoleón, mejor que eso. Pero la explicación era realmente muy simple. La furgoneta había sido anteriormente propiedad del matarife, y había sido comprada por el veterinario, que aún no había borrado el nombre antiguo. Así fue como surgió el error. Los animales estaban enormemente aliviados de escuchar esto. Y cuando Squealer pasó a dar más detalles gráficos del lecho de muerte de Boxer, el cuidado admirable que había recibido y las costosas medicinas que Napoleón había pagado sin pensar en el costo, sus últimas dudas desaparecieron y el dolor que sintieron por la muerte de su camarada estaba templado por el pensamiento de que al menos había muerto feliz.

El propio Napoleón apareció en la reunión el domingo siguiente por la mañana y pronunció un breve discurso en honor de Boxer. Dijo que no había sido posible traer los restos de su lamentado camarada para enterrarlos en la granja, pero había ordenado que se hiciera una gran corona de laureles en el jardín de la granja y que se colocara sobre la tumba de Boxer. Y dentro de unos días, los cerdos tenían la intención de celebrar un banquete conmemorativo en su honor. Napoleón terminó su discurso con un recordatorio de las dos máximas favoritas de Boxer: «Trabajaré más duro» y «El camarada Napoleón siempre tiene razón», máximas, dijo, que todo animal haría bien en adoptar como propias.

El día señalado para el banquete, la furgoneta de un tendero llegó desde Willingdon y entregó una gran caja de madera en la granja. Aquella noche se oyó un canto estruendoso, al que siguió lo que sonó como una pelea violenta y terminó a eso de las once con un tremendo estrépito de cristales. Nadie se movió en la casa de la granja antes del mediodía del siguiente día, y corrió el rumor de que de algún modo u otro los cerdos habían obtenido el dinero para comprarse otra caja de *whisky*.

Capítulo 10

Pasó una cantidad indeterminada de años. Las estaciones iban y venían, las cortas vidas de los animales pasaban volando. Llegó un momento en que nadie recordaba los días anteriores a la Rebelión, excepto Clover, Benjamín, Moisés el cuervo y varios cerdos.

Muriel había muerto; Bluebell, Jessie y Pincher también habían muerto. Jones también había muerto, en un asilo de borrachos en otra parte del país. Bola de Nieve fue olvidado. Boxer fue olvidado, excepto por los pocos que lo habían conocido. Clover era ahora una yegua vieja y robusta, rígida en las articulaciones y con tendencia a ojos legañosos. Habían pasado dos años de la edad de jubilación, pero en realidad ningún animal se había jubilado nunca. Hacía tiempo que se había dejado de hablar de reservar un rincón del pasto para animales jubilados. Napoleón era ahora un jabalí maduro de 150 kilos. Squealer era tan gordo que apenas podía ver con los ojos. Sólo el viejo Benjamín era más o menos el mismo de siempre, excepto por el hocico un poco más canoso y, desde la muerte de Boxer, más taciturno que nunca.

Ahora había muchas más criaturas en la granja, aunque el aumento no fue tan grande como se había esperado en años anteriores. Muchos animales habían nacido para quienes la Rebelión era sólo una vaga tradición transmitida de boca en boca, y otros que habían sido comprados que nunca habían oído hablar de tal cosa antes de su llegada. La granja poseía ahora tres caballos además de Clover. Eran buenas bestias, íntegras, trabajadoras voluntariosas y buenas camaradas, pero muy estúpidas. Ninguna de ellas demostró ser capaz de aprender el alfabeto más allá de la letra B. Aceptaron todo lo que les dijeron sobre la Rebelión y los principios del Animalismo, especialmente de Clover, por quien tenían un respeto casi filial, pero era dudoso que entendieran mucho de ello.

La granja era ahora más próspera y mejor organizada: incluso se había ampliado con dos campos que habían sido comprados al señor Pilkington. El molino de viento se había completado con éxito por fin, y la granja poseía una trilladora y un elevador de heno propios, y se le habían agregado varios edificios nuevos. Whymper se había comprado un carrito para perros. El molino de viento, sin embargo, no se había utilizado después de todo para generar energía eléctrica. Se usaba para moler maíz y generaba una buena ganancia monetaria. Los animales estaban trabajando duro para construir otro molino de viento; cuando aquel estuviera terminado, según se decía, se instalarían los dínamos. Pero ya no se hablaba de los lujos con los que Bola de Nieve había enseñado a soñar a los animales, los establos con luz eléctrica y agua fría y caliente, y la semana de tres días. Napoleón había denunciado tales ideas como contrarias al espíritu del

Animalismo. La verdadera felicidad, dijo, residía en trabajar duro y vivir frugalmente.

De algún modo, parecía que la granja se había enriquecido sin que los animales se enriquecieran más, excepto, por supuesto, los cerdos y los perros. Quizás esto se debió en parte a que había tantos cerdos y tantos perros. No es que estas criaturas no trabajaran, lo hacían a su manera, como Squealer nunca se cansaba de explicar; un trabajo interminable en la supervisión y organización de la granja. Gran parte de este trabajo era de un tipo que los otros animales eran demasiado ignorantes para comprender. Por ejemplo, Squealer les dijo que los cerdos tenían que realizar un enorme esfuerzo todos los días en cosas misteriosas llamadas archivos, informes, minutas y memorandos. Eran grandes hojas de papel que tenían que estar muy bien cubiertas con escritura, y tan pronto como estaban cubiertas, se quemaban en el horno. Esto era de suma importancia para el bienestar de la granja, dijo Squealer. Pero, aun así, ni los cerdos ni los perros producían ningún alimento por su propio trabajo; eran muchísimos y sus apetitos siempre eran buenos.

En cuanto a los demás, su vida, por lo que sabían, era como siempre. Generalmente tenían hambre, dormían sobre paja, bebían del estanque, trabajaban en los campos; en invierno les molestaba el frío, y en verano, las moscas. A veces, los mayores entre ellos rebuscaban en sus vagos recuerdos y trataban de determinar si en los primeros días de la Rebelión, cuando la expulsión de Jones aún era reciente, las cosas habían sido mejores o peores que ahora. No podían recordar. No había nada con lo que pudieran comparar sus vidas actuales, no tenían nada en lo que basarse excepto las listas de cifras de Squealer, que invariablemente demostraban que todo estaba mejorando cada vez más. Los animales encontraron insoluble el problema; en cualquier caso, ahora tenían poco tiempo para especular sobre tales cosas. Sólo el viejo Benjamín profesaba recordar cada detalle de su larga vida y sabía que tales cosas no eran verdad, ni podrían ser mucho mejores o mucho peores, siendo el hambre, las penalidades y las desilusiones, según decía, la ley inalterable de la vida.

Y, sin embargo, los animales nunca perdieron la esperanza. Es más, nunca perdieron, ni por un instante, su sentido del honor y el privilegio de ser miembros de Granja Animal. Todavía eran la única granja en todo el condado, ¡en toda Inglaterra!, propiedad de animales y operada por ellos. Ninguno de ellos, ni siquiera los más jóvenes, ni siquiera los recién llegados que habían sido traídos de granjas a diez o veinte millas de distancia, dejaba de maravillarse ante eso. Y cuando oían el estruendo del cañón y veían ondear la bandera verde en la punta del asta, sus corazones se hinchaban con un orgullo imperecedero, y la conversación giraba siempre hacia los viejos días heroicos, la expulsión de Jones, la escritura de los Siete Mandamientos, las grandes batallas en las que los invasores humanos habían sido derrotados. Ninguno de los viejos sueños había sido abandonado. Todavía se creía en la República de los Animales que Mayor había predicho, cuando los verdes campos de Inglaterra no fueran pisados por pies humanos. Incluso la tonada de 'Bestias de Inglaterra' quizá se tarareaba en secreto aquí y allá; en cualquier caso, era un hecho que todos los animales de la granja la conocían, aunque nadie se hubiera atrevido a cantarla en voz alta. Puede ser que sus vidas hayan sido duras y que no todas sus esperanzas se hayan cumplido, pero estaban conscientes de que no eran como otros animales. Si pasaban hambre, no era por alimentar a seres humanos tiranos; si trabajaban duro, al menos trabajaban para sí mismos. Ninguna criatura entre ellos caminaba sobre dos piernas. Ninguna criatura llamó a otra criatura «amo». Todos los animales eran iguales.

Un día, a principios de verano, Squealer ordenó a las ovejas que lo siguieran y las condujo a un terreno baldío en el otro extremo de la granja, que estaba cubierto de árboles jóvenes de abedul. Las ovejas pasaron todo el día allí comiendo hojas bajo la supervisión de Squealer. Por la tarde, volvió él mismo a la casa de la granja, pero, como hacía calor, dijo a las ovejas que se quedaran donde estaban. Terminaron por permanecer allí durante una semana entera, tiempo durante el cual los otros animales no vieron nada de ellas. Squealer estuvo con ellas la mayor parte del día. Él, dijo, les estaba enseñando a cantar una nueva canción, para lo cual se necesitaba privacidad.

Fue justo después de que regresaran las ovejas, en una agradable tarde, cuando los animales habían terminado de trabajar y regresaban a los edificios de la granja, cuando el aterrorizado relincho de un caballo sonó en el patio. Sobresaltados, los animales se detuvieron en seco. Era la voz de Clover. Volvió a relinchar, y todos los animales se pusieron a galopar y corrieron al patio. Entonces vieron lo que Clover había visto.

Era un cerdo que caminaba sobre sus patas traseras.

Sí, era Squealer. Un poco torpemente, como si no estuviera del todo acostumbrado a soportar su considerable volumen en esa posición, pero con perfecto equilibrio, se paseaba por el patio. Y un momento después, por la puerta de la granja salió una larga fila de cerdos, todos caminando sobre sus patas traseras. Algunos lo hicieron mejor que otros, uno o dos eran incluso un poco inestables y parecía que les hubiera gustado el apoyo de un bastón, pero cada uno de ellos dio la vuelta al patio con éxito. Y finalmente hubo un tremendo aullido de perros y un agudo cacareo del gallo negro, y salió el propio Napoleón, majestuosamente erguido, lanzando miradas altivas de un lado a otro, y con sus perros brincando a su alrededor.

Llevaba un látigo en la patita.

Hubo un silencio mortal. Asombrados, aterrorizados, acurrucados, los animales observaron la larga fila de cerdos que marchaban lentamente por el patio. Era como si el mundo se hubiera puesto patas arriba. Luego llegó un momento en que el primer susto había pasado y en que, a pesar de todo, a pesar de su terror a los perros y del hábito, desarrollado durante largos años, de nunca quejarse, nunca criticar, sin importar lo que sucediera, podrían haber pronunciado alguna palabra de protesta. Pero justo en ese momento, como a una señal, todas las ovejas estallaron en un balido tremendo de:
—¡Cuatro patas bien, dos patas mejor! ¡Cuatro patas bien, dos patas mejor! ¡Cuatro patas bien, dos patas mejor!

Continuó durante cinco minutos sin parar. Y cuando las ovejas se calmaron, la oportunidad de protestar había pasado, porque los cerdos habían regresado a la casa.

Benjamín sintió una nariz acariciando su hombro. Miró a su alrededor. Era Clover. Sus viejos ojos se veían más oscuros que nunca. Sin decir nada, tiró suavemente de su melena y lo llevó hasta el final del gran granero, donde estaban escritos los Siete Mandamientos. Durante un minuto o dos se quedaron mirando la pared rayada con letras blancas.

—Mi vista está fallando —dijo finalmente—. Incluso cuando era joven no podría haber leído lo que estaba escrito allí. Pero me parece que esa pared se ve diferente. ¿Son los Siete Mandamientos los mismos que eran inicialmente, Benjamín?

Por una vez, Benjamín consintió en romper su regla y le leyó lo que estaba escrito en la pared. No había nada, excepto un solo mandamiento. Decía:

TODOS LOS ANIMALES SON IGUALES,
PERO ALGUNOS ANIMALES SON MÁS IGUALES QUE OTROS

Después de eso, no resultó extraño que al día siguiente los cerdos que estaban supervisando el trabajo de la granja llevaran látigos en sus patitas. No pareció extraño enterarse de que los cerdos se habían comprado equipos inalámbricos, estaban organizando la instalación de un teléfono y se habían suscrito a John Bull, TitBits y el *Daily Mirror*. No pareció extraño cuando se vio a Napoleón paseando por el jardín con una pipa en la boca; no, ni siquiera cuando los cerdos sacaron la ropa del señor Jones de los armarios y se la pusieron, apareciendo el propio Napoleón con un abrigo negro, calzones de cazador de ratas y polainas de cuero, mientras que su cerda favorita aparecía con el vestido de seda que la señora Jones solía usar los domingos.

Una semana después, por la tarde, varios carros tirados por perros llegaron a la granja. Una delegación de agricultores vecinos había sido invitada a realizar una gira de inspección. Se les mostró toda la finca y expresaron gran admiración por todo lo que vieron, especialmente el molino de viento. Los animales estaban deshierbando el campo de nabos. Trabajaban diligentemente levantando apenas la cara del suelo, y sin saber si asustarse más de los cerdos o de los visitantes humanos.

Aquella noche, desde la casa llegaban fuertes carcajadas y estallidos de cantos. Y de repente, al sonido de las voces mezcladas, los animales se llenaron de curiosidad. ¿Qué podría estar pasando allí dentro, ahora que por primera vez los animales y los seres humanos se encontraban en términos de igualdad? De común acuerdo, comenzaron a arrastrarse lo más silenciosamente posible hacia el jardín de la granja.

Se detuvieron en la puerta, medio asustados de continuar, pero Clover abrió el camino. Llegaron de puntillas a la casa, y los animales que eran lo suficientemente altos se asomaron por la ventana del comedor. Allí, alrededor de la larga mesa, estaban sentados media docena de granjeros y media docena de los cerdos más eminentes, y el propio Napoleón ocupaba el asiento de honor en la cabecera de la mesa. Los cerdos parecían completamente a gusto en sus sillas. La compañía había estado disfrutando de un juego de cartas, pero se había interrumpido por el momento, evidentemente, para brindar. Circulaba una gran jarra y las jarras se volvían a llenar con cerveza. Nadie notó las caras de asombro de los animales que miraban por la ventana.

El señor Pilkington, de Foxwood, se había puesto de pie, con la taza en la mano. En un momento, dijo, pediría a los presentes que hicieran un brindis. Pero antes de hacerlo, hubo algunas palabras que sintió que le correspondía decir.

Dijo que era una fuente de gran satisfacción para él y, estaba seguro, para todos los demás presentes, sentir que un largo período de desconfianza e incomprensión había llegado a su fin. Hubo un tiempo, no es que él o cualquiera de los presentes compartieran tales sentimientos, pero hubo un tiempo en que los respetables propietarios de Granja Animal fueron considerados, no diría con hostilidad, pero tal vez con una cierta medida de recelo, de parte de sus vecinos humanos. Habían ocurrido incidentes desafortunados, las ideas equivocadas habían estado presentes. Se había considerado que la existencia de una granja propiedad de cerdos y operada por ellos era algo anormal y podía tener un efecto perturbador en el vecindario. Demasiados granjeros habían supuesto, sin la debida investigación, que en tal granja prevalecería un espíritu de libertinaje e indisciplina. Habían estado nerviosos por los efectos sobre sus propios animales, o incluso sobre sus empleados humanos. Pero todas esas dudas ahora se habían disipado. Hoy, él y sus amigos habían visitado Granja Animal e inspeccionado cada centímetro con sus propios ojos, ¿y qué encontraron? No sólo los métodos más actualizados, sino también una disciplina y un orden que deberían ser un ejemplo para todos los agricultores de todas partes. Creía que tenía razón al decir que los animales inferiores de Granja Animal hacían más trabajo y recibían menos comida que cualquier animal del condado. De hecho, él y sus compañeros de visita habían observado muchas características que tenían la intención de implementar en sus propias granjas de inmediato.

Terminaría sus comentarios, dijo, enfatizando una vez más los sentimientos amistosos que subsistían, y deberían subsistir, entre Granja Animal y sus vecinos. Entre los cerdos y los seres humanos no había, y no tenía por qué haber, ningún choque de intereses. Sus luchas y sus dificultades eran una sola. ¿No era el problema laboral el mismo en todas partes? Aquí se hizo evidente que el señor Pilkington estaba a punto de soltar alguna ocurrencia cuidadosamente preparada sobre la compañía, pero por un momento estaba demasiado divertido para poder pronunciarla. Después de mucho atragantamiento, durante el cual se puso morado, logró sacarlo: «Si tienes que lidiar con tus animales inferiores», dijo, «¡tenemos nuestras clases inferiores!». Estas «buenas palabras» pusieron la mesa a rugir, y el señor Pilkington una vez más felicitó a los cerdos por las bajas raciones, las largas horas de trabajo y la ausencia general de mimos que había observado en Granja Animal.

Y ahora, dijo finalmente, le pediría a la compañía que se pusiera de pie y se asegurara de que sus vasos estuvieran llenos. «Caballeros», concluyó el señor Pilkington, «caballeros, les ofrezco un brindis: ¡por la prosperidad de Granja Animal!».

Hubo vítores entusiastas y patadas de pies. Napoleón estaba tan complacido que dejó su lugar y dio la vuelta a la mesa para chocar su taza contra la del señor Pilkington antes de vaciarla. Cuando los vítores se calmaron, Napoleón, que se había mantenido de pie, insinuó que él también tenía algunas palabras que decir.

Como todos los discursos de Napoleón, este fue breve y directo. Él también, dijo, estaba feliz de que el período de malentendidos hubiera llegado a su fin. Hacía mucho tiempo que circulaban rumores (tenía motivos para creer que circulaban por algún enemigo maligno) de que había algo subversivo e incluso revolucionario en su actitud y la de sus colegas. Se les había atribuido el intento de provocar una rebelión entre los animales de las granjas vecinas. ¡Nada más lejos de la verdad! Su único deseo, ahora y en el pasado, era vivir en paz y en relaciones comerciales normales con sus vecinos. Esta finca, que tenía el honor de controlar, añadió, era una empresa cooperativa. Los títulos de propiedad, que estaban en su poder, eran propiedad conjunta de los cerdos.

No creía, dijo, que aún persistieran las viejas sospechas, pero recientemente se habían hecho ciertos cambios en la rutina de la granja que deberían tener el efecto de promover una mayor confianza. Hasta entonces, los animales de la granja tenían la costumbre bastante tonta de dirigirse unos a otros como «camaradas». Esto debía ser suprimido. Había también una costumbre muy extraña, cuyo origen se desconocía, de desfilar todos los domingos por la mañana frente a un cráneo de jabalí que estaba clavado en un poste en el jardín. Esto también sería suprimido, y el cráneo ya había sido enterrado. Sus visitantes también podrían haber observado la bandera verde que ondeaba en la punta del mástil. Si era así, tal vez habrían notado que la pezuña y el cuerno blancos con los que se había marcado anteriormente ahora se habían quitado. A partir de ahora, sería una simple bandera verde.

Dijo que sólo tenía una crítica que hacer al excelente y amistoso discurso del señor Pilkington. El señor Pilkington se había referido en todo momento a Granja Animal. Por supuesto, no podía saber —pues él, Napoleón, lo anunciaba ahora por primera vez— que el nombre Granja Animal había sido abolido. De ahora en adelante, la granja se conocería como Granja Manor, que, según creía, era su nombre correcto y original.

—Caballeros —concluyó Napoleón—, les daré el mismo brindis que antes, pero en una forma diferente. Llenen sus copas hasta el borde. Caballeros, aquí está mi brindis: ¡por la prosperidad de Granja Manor!

Sonaron los mismos vítores cordiales de antes, y las tazas se vaciaron hasta el fondo. Pero mientras los animales afuera miraban la escena, les pareció que algo extraño estaba sucediendo. ¿Qué era lo que se había alterado en los rostros de los cerdos? Los viejos ojos oscuros de Clover revolotearon de un rostro a otro. Algunos de ellos tenían cinco papadas, algunos tenían cuatro, algunos tenían tres. ¿Pero qué era lo que parecía estar derritiéndose y cambiando? Luego, habiendo terminado los aplausos, la compañía tomó sus cartas y continuó el juego que había sido interrumpido, y los animales se alejaron sigilosamente.

Pero no habían recorrido veinte metros cuando se detuvieron en seco. Un alboroto de voces venía de la casa. Volvieron corriendo y miraron de nuevo por la ventana. Sí, una pelea violenta estaba en progreso. Hubo gritos, golpes en la mesa, miradas agudas de sospecha, negativas furiosas. El origen del problema parecía ser que Napoleón y el señor Pilkington habían jugado un as de picas simultáneamente.

Doce voces gritaban de ira, y todas eran iguales. No cabía duda, ahora, de lo que les había pasado a los rostros de los cerdos. Las criaturas de afuera miraban de cerdo a hombre, y de hombre a cerdo, y de cerdo a hombre otra vez; pero ya era imposible decir cuál era cuál.

Printed in Great Britain
by Amazon

45bf0129-8386-47f5-94b1-f09370101c1aR01